科幻文学馆
Science Fiction Museum

不眠之夜

吴霜·著

科幻立方
文库本

天津出版传媒集团
百花文艺出版社

图书在版编目（CIP）数据

不眠之夜 / 吴霜著. -- 天津 : 百花文艺出版社, 2021.1
ISBN 978-7-5306-7964-7

Ⅰ. ①不… Ⅱ. ①吴… Ⅲ. ①幻想小说-中国-当代 Ⅳ. ①I247.5

中国版本图书馆 CIP 数据核字(2020)第 237211 号

不眠之夜
BUMIAN ZHI YE
吴霜 著

出 版 人：薛印胜　　选题策划：成　全
编辑统筹：刘　勇　　责任编辑：成　全
装帧设计：丁莘苡　　营销专员：殷　鹏
出版发行：百花文艺出版社
地址：天津市和平区西康路 35 号　邮编：300051
电话传真：+86-22-23332651（发行部）
+86-22-23332656（总编室）
+86-22-23332478（邮购部）
网址：http://www.baihuawenyi.com
印刷：天津光之彩印刷有限公司
开本：710×1000 毫米　1/32
字数：42 千字
印张：5.625
版次：2021 年 1 月第 1 版
印次：2021 年 1 月第 1 次印刷
定价：25.00元

如有印装质量问题，请与天津光之彩印刷有限公司联系调换
地址：天津市宝坻区潮阳工业园管委会路东 1 号
电话：(022)29644996
邮编：381015

作者简介

吴霜

科幻作家、编剧、译者。先后发表小说、翻译作品四十余万字。全球华语科幻星云奖获奖者。作品被翻译成其他语种编入科幻选集《碎星星》，在英、美、日、德等国出版，并获轨迹奖提名。目前已出版个人科幻小说集《双生》、翻译作品集《思维的形状》。与佟婕一同创作的中篇小说《天元》发表于《科幻立方》2017 年第 2 期，入围第十八届百花文学奖·科幻文学奖。

与其在国王宝座清醒百年，不如在爱人肩头沉睡一晚。

——莎士比亚《麦克白》

目录

01
猎杀

黎明将至。地平线尽头，悬着两枚淡淡的月亮。

稀薄的阳光拉开天幕，如死神的披风，盖向萧条的大地。破败的摩天大楼缠上藤蔓。

空无一人的街道上，两个穿着黑色罩袍的身影正在追逐。

风声在耳边掠过，女孩在拼命奔跑。当第一缕阳光越过高楼，奔跑中，罩袍滑动，阳光照在她苍白的肌肤上，瞬间灼起淡淡烟雾。她惨叫出声。

她的身后，一名“猎鸦”紧追不舍。猎鸦身披黑色罩袍，手持银色匕首——上面雕刻着一只银色乌鸦。

阳光在女孩身上灼起阵阵烟雾。终于，她不堪痛苦，跌倒在地。她胸口的一条金甲虫项链，重重磕在地上。

猎鸦快步过来，将项链扯断，拿在手中。

金甲虫大概有桂圆大小，镶嵌着四颗红色晶体的眼睛。猎鸦熟练地按动金甲虫背部某处，四颗米粒般的晶体自动脱落，被猎鸦握在手中。

女孩绝望地躺在地上，望着天空，大口喘息着，四只犬齿尖如狐狸。应该好几天没有吸血了，指甲已经发紫。只有一双眼睛浑圆，异常明亮。

猎鸦按动金甲虫背部的隐秘一点，金甲虫的双翅瞬间打开，腹部闪出蓝光，如水晶一般，显现出内部细细密密的电子纹路。

女孩突然出手，将猎鸦扑倒在地，四颗晶体掉在地上，两人同时出手去抢，女孩几乎要抢到手中了——

周围的空间，仿佛哈哈镜一般，开始变形。

光线在以不可思议的路线扭曲[①]。猎鸦甚至看到了自己的后脑勺。

地面出现了一个没有厚度的、黑色的虫洞，吞没了扭打在一起的猎鸦和女孩。

请带我去一个有他的宇宙。任何宇宙都行，只要是有他的宇宙。

虫洞中，一双白皙的手紧紧握住四颗晶体——她在祈祷。虫洞每次的目的地都是随机的。

几秒钟后，扭曲的空间便恢复正常。

---

① 光线在通过强引力场附近时会发生弯曲，这是广义相对论的重要预言之一。金甲虫打开虫洞，产生了局部的强引力场，导致了光线的弯曲。

几乎同时，金甲虫也如蒸汽般消失。金甲虫消失之处，一些棕色的佛珠从虚空中弹出。

周围回归寂静。佛珠跌落在地，发出轻微的脆响。每个圆珠上都有细小的钻孔，木头纹理清晰可见。

又是一夜，狩猎已经结束。

吸血鬼惧怕阳光。他们中多数幸运儿，无论是否找到食物，都已经回到了聚集地——城市中一些隔绝阳光、易守难攻的仓库。

自病毒暴发，百年来，这个星球夜夜无眠。人类已经分化。猎鸦捕杀吸血鬼，吸血鬼捕杀未感染的人类。

黎明降临。远处的一处仓库，传来一声吸血鬼的悲鸣，尖锐如鬼泣。那是一位母亲没有等回出门猎食的儿子。

02

古寺

时至黄昏，古寺起了山岚。

茶室里，陆克看着满桌的工作资料发愁。他是个戏剧制作人，最近正在筹备一个科幻剧。桌上放着许多和平行宇宙理论有关的复杂的资料和图表。引力网、四极矩什么的，看着都头大。要放到剧里，怎么用最简单的方式让观众理解，还是要费点心思的。

一个老和尚在一旁悄无声息地洒扫，收起窗边的枯叶，抹净茶具上的灰尘，又给文竹添上水。

“老师父，你知道什么是平行宇宙吗？”实在没人聊天，陆克咬着钢笔，愁眉苦脸地问他。

“愿闻其详。”老和尚静静答。

“科学上的一个理论，简单说就是另外许多世界，和咱们这个差不多——这个容易理解吗？”

“佛法里也有三千世界的说法。”老和尚随手拿起一片枯叶。

“叶子的正面是我们的世界，背面就是另一个世界。既有相似，又有不同。这个宇宙的扫地僧，在另一个宇宙可能是个物理学家呢。”

“如果另一个宇宙也会有另一个我，会是什么样子呢？”

“从一棵树上生长出的无数叶片，皆有相似，亦有不同。”

这些比喻倒是很好理解。陆克很高兴，拿起笔，把这个点子记了下来。

老和尚悄悄离开了。今晚，他就要离开古寺了。出门之前，他将自己的一串佛珠取下来，挂在了窗棂上。

暮色渐沉，神佛寂静。深山古寺，露水在石阶上凝结。

不知工作了多久，一抬头，陆克才发现已经入夜了。窗外，银钩似的新月正缀在大殿飞檐。

他站起身，活动一下麻木的双腿，随手拿起书架上的一本经书翻了翻。

“一切有为法，如梦幻泡影，如露亦如电，应作如是观。”

是《金刚经》。

时候不早了，他关了灯，正准备离开回去休息，月亮从白莲般的云中露出了一个尖角。

月光里，屋里的一切都泛起一层光芒，似乎是银子铸成。

月光中,陆克看到窗棂上有串阴影。他走过去,轻轻摘下。

一串看起来很普通的木头佛珠,棕色的表面有些皲裂。

陆克觉得可能是自己眼花了,眼前的景象突然像哈哈镜一样,开始恍惚变形。

手中的佛珠线瞬间断裂,佛珠从他指缝间流下,脆生生散落一地。陆克平时是最爱干净的,此刻却慌得双膝跪下,在地上到处摸索,衣服都蹭脏了。

地上,一颗佛珠都没有。难道是人参果入了土?

他心中正在惊惶,腿却被什么东西硌了一下。

本以为是佛珠,摸到手里一看,却是一枚佛珠大小的金色甲虫。样子精致又有些古怪,眼睛的部位有四处凹陷，像是科幻电影里的道具。拿在手里沉甸甸的，比黄金重，不知是什么材质。

古寺山门，寺院住持正在和那位老和尚告别。

老和尚俗家名为李一，是四川一个寺庙过来古寺闭关修行的，苦修整三年，现在要回去了。

临行前，李一给住持交代了一些事情。住持安然听完，不由往陆克的住处远望了一眼。

他向住持深深行礼，致谢；住持亦深深回礼。老和尚神色祥和，但面色发黄，气息微弱，似已无欲无求。

住持有种感觉，只怕这一别，今生便无缘再会了。

03

不眠之夜剧场一楼，曼德雷酒吧

“好花不常开，好景不常在，愁堆解笑眉，泪洒相思带；今宵离别后，何日君再来……”

上海市中心，北京西路。这座名为“麦金侬酒店”的小楼，其实就是《不眠之夜》的剧场。临近午夜，一楼的曼德雷酒吧，老上海风情荡漾。迷离的灯光穿过闪烁的红酒，天花板倒悬着干枯的玫瑰。舞女正在台上清唱。红唇湿润，手环叮当，狐裘轻轻搭在曼妙的臂线上。

此刻，这里高朋满座。《不眠之夜》开演之前，观众们会在这里候场。每张桌上，都有一张卡牌，写着《不眠之夜》的规则。

一、沉浸式戏剧《不眠之夜》从21点开始，在0点结束。

二、《不眠之夜》取材于莎士比亚《麦克白》，是关于堕落与复仇的故事。不同演员将在五层楼的一百零一个房间中转换场地演出，所有的演出同时进行。观众必须戴上白面具，可以走进各个房间，沉浸在不眠之夜的世界中。

三、演出内容是现代舞、默剧、音乐剧等多种艺术形式的融合。剧场每个房间的布置各异，气味和温度各不相同。

四、为保证进入另一个世界的“沉浸式”体验，演出开始前，所有的手机和通信装置都请在前台统一寄存。演出开始之前和结束以后，观众可以在一楼的曼德雷酒吧休息。

…………

此刻，陆克穿着一身黑色皮衣，正坐在酒吧一角。这里是他再熟悉不过的地方。不过三个月没来了，不知剧集里是否随机增加了一些新的人物。

《不眠之夜》的原版其实在纽约。七年前，他在纽约对这部 *Sleep no More* 一见难忘。沉浸式戏剧与一般戏剧不同，对置景要求极高。做这部剧需要整整一栋楼和无数细节道具，置景长达几年不能更换，也不能演出别的剧目，投资成本可想而知。当时质疑声很多，但陆克还是用了四年时间，在上海市中心这座昂贵的五层小楼里，做出了《不眠之夜》的中国版——内容比纽原版还要丰富一些。《不眠之夜》开演三年以来，场场爆满，一票难求，成为中国最成功的沉浸式戏剧。陆克也因而成为中国最成功的戏剧制作人之一。

按照老板的口味，侍者送来一杯威士忌。

“陆总，请用。”

“哦，谢谢你哦。”

陆克尽量很温柔地回答，侍者还是拘谨地赶快离开了。陆克看着他的背影，不觉察地叹了口气。陆克是天蝎座，工作起来杀伐决断，又长得人高马大的，虽然谈吐很儒雅，但乍一看有点儿凶。他知道很多同事和下属都有点儿怕他。但其实他内心很敏感细腻，又经常有点儿孩子气的天真。

正如古寺住持说，陆克啊，真的是一位非常有反差萌的施主呢。

住持是几年前偶然认识陆克的，见有眼缘，就邀他到古寺住了几晚。那段时间陆克为了做

《不眠之夜》,几乎夜夜失眠。

长期失眠的痛苦不是一般人能理解的。那段时间陆克感觉自己每天头重脚轻,仿佛冬天在冰湖上行走，一不留神就要掉进失控的无底深渊。真没想到,他到了古寺,竟然一觉睡得天昏地暗。那以后,他就常常去蹭住几晚。

佛珠掉了以后,陆克一夜都没睡好,第二天一早便去找了住持。住持便告诉了他李一的身份;陆克既然发现了这佛珠,想必有缘,也无须多想,万事皆有因果,时机一到,自然得知。住持让徒弟把那金甲虫穿制到一串手串上,临行时候赠予陆克。陆克推辞不过,便心怀感恩地接下了。

李一。陆克觉得提起那位高僧的时候,住持的表情有点神秘莫测,不知在想什么。李一,这名字有点耳熟,但想不起来在哪里听过……

陆克摸摸金甲虫。凉凉的,沉甸甸的。金甲虫的倒影映在金色的酒液上，恍恍惚惚。一开始他心里还有点惴惴不安，最近倒是越看越喜欢了。

手机亮了，收到一条新信息，是一个叫顾小溪的女孩儿。她认识陆克几年了，一直挺喜欢他的，但是陆克没啥感觉，聊天也是有一搭没一搭的。他看看时间，还有个会要开，他起身准备离开，突然听到一声脆脆的声音："陆克！"

陆克抬起头，迎面走来一枝玫瑰。

娇俏的黑色短卷发，白净的娃娃脸。一双明净的圆眼睛未加修饰，纤尘不染。红色长裙宛如玫瑰，轻纱随着小巧的银色高跟鞋流动。

"李子……李诗行？"

"哇，还记得我啊，学习委员！"

"好久不见……班长。"

这假小子，怎么出落得跟水葱似的，差点没认出来。陆克挠挠头，一时间总裁气场全无。

李诗行是陆克初中时候的班长。那时候的陆克是全校出了名的刺头，扎着一根辫子，一肚子鬼主意，连校长的自行车轮子都敢卸。老师家长都束手无策，直到李诗行转学过来。那时的李诗行身高不到一米六，头发剪得只剩两厘米，活脱脱一个假小子。她先是静静观察了陆克一个礼拜；有一天，陆克的辫子影响了班级流动红旗，态度还特别狂，她就出手了。陆克真是没想到，这个豆粒大小的女孩儿竟然敢跳上桌子一跃而起扑打一米九几的自己。她稳准狠地揪住了陆克的辫子。

“你把这臭辫子给我剪了！”

“我辫子不臭！我天天都洗头！”

陆克当然不能打女生，只能挨揍。

后来，校长知道陆克被女生揍了，一时憋不住，扑哧一声就笑了出来。

事后，陆克还是挺有绅士风度地拎着一袋包子去找李诗行和解了。他问：你就不怕我还手？李诗行一边大嚼包子一边说，她观察了陆克一阵子，看他挺善良仗义的，对朋友、对门卫大爷，对扫地大妈都特别好，这样的男生怎么会打女生呢？李诗行表示让陆克改邪归正跟着自己混吧，又嬉皮笑脸地温柔地摸摸他的头。陆克目瞪口呆，一边脸红一边迅速逃了。

再后来，陆克和李诗行成了好哥们儿。他把辫子剪了，还当了学习委员。再再后来，李诗行去纽约学摄影，陆克在国内读金融，两人便渐渐断了联系。这些年过去了，陆克也谈了几个女朋友，都是无疾而终。陆克嘴上说工作太忙，其实心里明白，不过就是不够喜欢，所以不够上心。陆克的妈妈还常念叨李诗行，说怎么就没第二个能治得住他这傻儿子的。陆克每次都嗷嗷叫说只是哥们儿，他妈妈每次的回应都是一个大白眼。

“我刚回国，今天才知道《不眠之夜》中国版是你做的啊！我看过纽约版的！现在这么出息了！还变帅了不少啊！穿得人模狗样的！太厉害啦哈哈哈哈！！”

李诗行的声音把陆克从回忆拉回现实。他张张嘴巴，又不知道说啥，只能脸红。还好周围比较黑，他也不白，看不大出来。

这时候，入场的铃声响了，观众们都戴上了白面具。人流拥过来，李诗行被挤向入口，只能冲陆克挥挥手：“我先进去啦！一会儿酒吧见！”

“哎，你那个……加个……”还没加微信呢，里面又不能用手机，一会儿丢了怎么办？这死丫头是不是嫌弃我？眼见李诗行消失在剧院入口，陆克快气死了，开会的事也扔到脑后去了，赶紧跟着往里挤。

04

不眠之夜剧场一楼，无名盛宴

如果说每个剧目都有一个主色调,那不眠之夜,无疑是红色。

观众们先要摸索着,走过一条无光的暗黑通道。

就在此刻,剧场内一楼大厅还是空空荡荡。幔帐之后一个不起眼的角落,在半空中浮现出一个没有厚度的、圆镜似的黑色虫洞,一个人影从虫洞中掉出来,重重摔在地面。

李诗行全身的骨头仿佛散架了似的疼。这种

感觉不是第一次了——爷爷在世的时候,她曾经和爷爷一起做过几次这种穿越平行宇宙的实验。穿越虫洞会对人体产生引力拉伸,甚至有撕裂的危险。

李诗行的爷爷李一是研究平行宇宙虫洞穿越的物理学家，还得到过诺贝尔物理学奖提名。他已经能造出虫洞,但不太稳定。他去世之前将金甲虫给了李诗行，那是一个迷你版的虫洞机器。但爷爷有虫洞机器的事情,是社会新闻——顾小溪也很清楚。

因为太危险,以前她也只做过两次虫洞实验,第一次穿越到的那个宇宙的地球还在侏罗纪时期,第二次的宇宙中,人类已经因为核战争灭绝。

这次，似乎终于来到了人类文明存在的时期。

李诗行抬起头观察四周。周围的布置乱糟糟

的,看起来像是19世纪的欧洲。这里似乎是个很不起眼的储物空间。

李诗行抬起头,半空中,那个圆镜似的空间黑洞正在收缩,边缘闪着一圈诡异的蓝光。

糟了,蓝光是危险信号。

虫洞的有效时间都是三小时,但是虫洞穿越的风险极高,状态并不稳定。如果出现偏差,虫洞将会出现收缩。蓝光就是收缩的先兆。如果不能在三小时内布置好引力波的四极矩①,虫洞将会开始发生真空衰变②。

真空衰变,意味着短时间内,整个宇宙都会被吸进虫洞,化为乌有。

---

① 四极矩,引力波辐射公式。引力波矩阵可以预防真空衰变。

② 真空衰变,量子跃迁即处于高能级上的量子向低能级的跃迁过程。在虫洞穿越的过程中,一旦出现纰漏,能量不受控制地上升,超过一定阈值,就会导致真空衰变,真空衰变从一个小泡开始,以光速扩展,直到毁灭整个宇宙。没有任何已知手段可以控制。

“四极矩”是一个引力波的阵型，说来复杂，其实可以简单理解为一个正方形的四个顶点；只要布置好四个顶点，就可以形成有效的引力波矩阵，防止虫洞收缩。

金甲虫的四只眼睛，是四个特殊的能量晶体。这就是为了防止虫洞收缩，出现真空衰变的情况。一旦虫洞闪烁蓝光，只需要把这四个晶体放在合适的位置，瞬间激活让这四个点形成一个边长特定的正方形即可。

在真空衰变前夕，蓝光会变成危险的紫色。

墙上挂着一个钟表，时间已经是21点55分。她急忙摊开手，四颗晶体还在，但金甲虫却已经不知去向。

她抬起手，手腕上有一块手表样子的智能手机。通信装置已经失灵，还好空间定位等大部分功能还能用。手机迅速调出了《不眠之夜》的剧目资料，并扫描了这座五层小楼，显示出了空间结构图，并给出了四极矩的布置方案。

从几何上来说，实际就是在一个长方体（剧场小楼）中，嵌入一个正方形（四极矩）。也就是说，李诗行需要在这个剧场四个特定的房间放置四个晶体，能够形成一个边长特定的正方形即可。

李诗行看了一下《不眠之夜》的资料。原来这里是二十一世纪的中国的一个剧场。一共五层，101 个房间。一楼房间是一个大厅，二楼到五楼，每层 25 个房间。她又看了看手机上对角线的长度数据，这座小楼的大小刚好可以布置一个够大的四极矩长方形——按照错开楼层的对角线长度就足够。第一个点可以布置在一楼大厅的东北或者西南角，而自己的位置正在一楼大厅的东北角。李诗行站起来，看到角落有一个雕塑。

那是冥王哈迪斯，坐在一匹黑马之上，手持法器三叉戟。她走过去，将四颗晶体中的一颗，贴上冥王的额头。一旦放置在正确的位置上，晶体便被激活，瞬间闪出耀眼的红光，便消失了，以隐形的形态，在空间释放着磁场。

手机上的小楼结构图，一楼东北角，出现了一个红点。第一个点位置已定，那么第二个点，需要布置在二楼的西南角尽头——225 房间。

午夜之前，要放好四颗晶体，还要找到金甲虫。晶体只能防止真空衰变，但是穿越虫洞回去的话，仍然需要金甲虫。按照实验的惯例，金甲虫也会一起穿越过来。李诗行仔细在周围找了一圈，都没发现金甲虫的影子。她看着空中不断收缩的虫洞，紧张地微微发抖。

金甲虫到底在哪儿？会不会在她手里？

外面传来喧嚣声，观众已经快要入场。

得先走了。李诗行甩掉外套扔在一边，掀开储物空间的幔帐，迎面而来的，是一片如血的红雾。

剧场一角，一个瘦长的黑色身影，正在暗处，观察四周。

此刻，第一批观众，已经走完了通道。前方出现一扇有微光的大门，门上已斑驳的暗色金属，刻着一句话。

入此门者，将捐弃一切希望。

——但丁《神曲》

推开门，是不眠之夜的一楼大厅。

灯光暗红，仿佛血色雾气弥漫。

大厅主景是一张长桌。上面错落摆着牛

排、餐刀、红酒、玫瑰。《不眠之夜》的一头一尾两幕，将在这里演出。剧集全程中，这里是唯一一个能同时看到所有演员的房间，也是剧场最大的房间。

此刻，麦克白、麦克白夫人、国王、女巫等人在桌前齐聚，以默剧一般华丽的慢动作，缓缓抬手、举杯、亲吻。

血色的灯光穿过雾气重重的房间。远远看去，这场宴会像极了西方名画《最后的晚餐》。

无名盛宴之上，众人衣着华丽，心中暗藏蛇蝎。

无名盛宴之后，演员将分散到不同房间。平行世界冒险，就要开启。

台下，观众的白面具如同飘浮在黑暗之中。如鬼魅幽灵，如黑色枝条上枯萎的花朵。

李诗行站在剧场一角，看到一个高大的身影

浮出黑暗,向自己走过来。

他摘下了面具。血色雾气中,那张脸似真似幻。李诗行感觉周围所有的声音都消失了。她不敢相信自己的眼睛。

陆克不好意思地挠挠头,“你怎么不戴面具啊? 怎么还换了一身银色的衣服? 这衣服样子还真特别,扣子怎么开在肩膀上……”

李诗行听不到他在说什么,只感觉他的嘴唇在一张一合。她慢慢走过来,不可思议地伸出双手。陆克只觉得一双冰冷的小手捧住了自己的脸,还没来得及脸红,李诗行的泪水已经扑簌簌滴下来。

陆克急了:“李子,你怎么了? ”

李诗行紧紧抱住了陆克,感觉自己似乎陷进了一朵滚烫的云里。陆克手足无措地抱着她。没想到她的身体这样瘦，感觉一用力就会揉碎似的。他只觉得心口一阵疼。她这些年是不是吃苦了？被谁欺负了？

突然，李诗行像惊醒似的挣脱陆克的怀抱。她拉住陆克的袖子。

“快……快走。”

“哎，去哪儿啊！你对这儿也不熟！看这个戏你应该跟着我走吧！”

越过陆克的肩膀，李诗行看到，那个黑色的身影正拨开人群，向这边挤过来。她顺手抢过身边一个观众的白色面具，自己戴上，又把陆克脸上的面具扣好。然后，她拉起陆克的手，开始飞奔。

陆克倒觉得有点好笑。李子是不是入戏了？这是演啥呢？她还是那么可爱，那就陪她演演吧。他立刻板起脸，做出一副惊慌失措的样子，跟着李诗行仓皇逃窜。

05

不眠之夜剧场二楼，血色邪典

向前。两人冲破黑暗，沿着楼梯上到二楼。李诗行拉着陆克冲进225房间。这里是“血色邪典”的房间。陆克看了看手表。表演就要开始，观众正向这里聚集。

房屋中间有一个高台搭起的祭坛，音乐声震耳欲聋。极其细密交错的灯光像一张巨网，以疯狂的节奏反复频闪，光芒打在几乎赤裸的女巫和麦克白夫人身上，竟让人类的肢体呈现出一种定格动画的感觉，又有种邪典电影的疯狂感。

女巫为麦克白夫人接生，剪断脐带；随即爬上高台，将血淋淋的婴儿高高举起；戴着巨大牛头面具的男祭司，赤裸上身，仿佛从地狱现身。他手持铁桶，将鲜血泼洒下来。

女巫从高台一跃而起，健美的双腿盘上屋顶特制的横杆，开始悬空舞蹈。碧绿的长裙沾满红血，灯光一照，成了黑色。

血，李诗行没想到这里有这么多血。

几乎可以乱真的道具鲜血，散发着很重的腥气。

李诗行喉咙发干。不好，血的味道太重了。会传得很远。

突然，人群中传来尖叫。一个瘦长的黑色身影从观众群中几乎是腾空跃起，以野兽般不可思议的弹跳力，扑上距地面三米高的横杆，在人群中观望、搜索着。

陆克以为这是剧本新加的角色，还在惊叹这演员的弹跳力。他不由得摘下面具，往前挤了几步想看得更清晰一些。

正在此刻，它认出了陆克。它从横杆上扑下来，将陆克扑倒在地。

观众们都以为这是表演，兴奋地围观着。

陆克感觉被一股蛮力压倒，重重跌在地上。一股腥气弥散，他只见一张野兽般的血口张开，两颗蛇类一般的白色尖牙，带着寒意，正向自己的脖子咬来。

极度震惊中，陆克感觉时间的流逝好像变慢了。他能清晰感觉到周围，那些隐藏在白色面具下的人的情绪热量，有恐惧，更有兴奋。那是根植在人类基因深处的本能：嗜血、窥视、破坏欲。沉浸式戏剧成功的根源，就是能够将这种情绪成百上千倍地扩大。

观众都以为这是安排好的表演。他们兴奋地往前挤着。

“这不是表演！散开！散开！”李诗行大吼着。观众们却更兴奋了，以为这也是表演的一部分。

李诗行从人群中一跃而起，在怪物咬中陆克的瞬间，将它拉开。

怪物和李诗行，以一种怪异的速度和动作扭打在一起。

李诗行完全像变了一个人。她出手的招式，迅捷、狠辣且怪异，不是这个世界常见的任何身法招数，却又自成体系；怪物穿一身黑色罩袍，是件戴着帽子的斗篷，看不清长什么样子。

终于，李诗行将怪物压服在地上，在它身上上上下下翻了一遍，却没有找到金甲虫；她用手掐住了怪物的脖子。

“交出来。”李诗行低声说。

刺耳的音乐声中，仍然能听到怪物发出的冷笑，如鬼泣一样尖利。陆克看到，它突然从身下抽出了一把匕首，刺向李诗行。

陆克来不及思索，狠狠撞过去；匕首被他撞偏，怪物也借机从李诗行的手中挣脱。电光石火间，怪物却转手掐住了陆克的脖子。怪物的力气惊人，陆克只觉得脖子仿佛被铁钳扣住，丝毫动弹不得。

激烈的打斗，让怪物的罩袍滑开。那一刻，陆克终于看清了“怪物”的身形，竟然是个正常人类女孩儿的样子，而它的脸——是顾小溪?!

顾小溪看着陆克。她脸上呈现出一种极其古怪而激烈的神情，白净的面孔开始充血。她的手短暂松了一下，随即又扣得更紧——陆克觉得这可不是什么好兆头。

“他不是陆克。你知道。”李诗行握着匕首的手指关节已经发白。

“有区别吗。”顾小溪的嗓音沙哑，干得像木屑。

这是顾小溪吗？她怎么会变成这样？她和李子什么时候认识的？陆克脑子飞快转着。他一开始以为这两人在合伙捉弄自己，但这短短几分钟的经历细节，带着一种绝对真实的恐怖感。

他有种直觉，今晚的危险，即使用一生来衡量，都非同一般。

他的冷汗沁湿了后背。

“你过来。”顾小溪冷冷道。

李诗行不动。

顾小溪的匕首更靠近陆克的脖子，刺破了肌肤。一缕鲜血流下来。

李诗行眼中闪过一丝慌乱。

“机器在我这里。你过来，吸他的血。我就给你。”顾小溪的笑容仿佛刚刚化开的冰水。她的嘴唇靠近陆克的脖子，轻轻吻了一下。那是一个像蛇一样充满血腥气的冰冷的吻。

陆克不寒而栗。

吸血鬼是不会出汗的。此刻，李诗行的额角没有汗渍，只有青筋暴起。

毫无征兆地，她突然出手。电光石火之间，陆克只觉得自己被一股蛮力抓住，甩到一边，却根本看不清自己是怎样被救下来的。

李诗行和顾小溪扭打在一起。陆克真不知道哪来的勇气，竟然抄起一把椅子就要上前帮忙。

“她是吸血鬼，有病毒，会传染，你躲远一点！”李诗行大吼。

顾小溪一脚踹过去，陆克撞到一张雕花繁复的欧式圆桌上，又重重摔在地上，疼得头晕目眩。

顾小溪爆发出一阵狂笑。

“李诗行……说得你好像不是吸血鬼一样!!告诉他,你为什么能得到特殊治疗?你为什么没有传染性了?!猎鸦!只有成为猎鸦,政府才会给你这种昂贵的治疗!一百年了,你杀了多少吸血鬼?杀同类的感觉,是不是很开心,很过瘾?不,我知道,你很痛苦,我能闻到你身上那种痛苦的味道,太熟悉了,和我身上的味道,一模一样!!”

“听说,你也参加过猎鸦考试,很遗憾,你太弱了,没资格。”李诗行的眼神冷若寒冰。她也从腰间抽出一把匕首,一把银色的匕首。和顾小溪手上那把毫无装饰的匕首不同,李诗行的匕首手柄上,有一只银色的猎鸦标志。

陆克想去找剧场工作人员报警,他挣扎着想站起来,但摔得太重。他疼得出不了声,只能求助地看着周围的观众。这些白面具没有一个信他的——大家都觉得他演得太好了。陆克哭笑不得。不管是吸血鬼还是什么怪物，这东西的力气实在大得吓人。

然而，顾小溪被陆克的出现刺激，已经发狂，下手狠辣，一时占了上风。

她夺走了李诗行的匕首。在很短的时间内，李诗行的手臂、前胸被多处划伤，左手小指也被折断，全身沾满深红泛紫的血。吸血鬼身体修复力很强，除非以银器刺穿心脏或者割下头颅，才会死亡。但陆克不知道。在他看来，李诗行流这么多血，肯定快死了。

陆克只觉得一股热血冲上头顶，他抄起一个沉甸甸的铜花瓶就冲上去，狠狠砸向顾小溪。顾小溪躲闪中被李诗行牵制了注意力，花瓶的装饰尖角蹭过她的头顶，血喷涌而出。

陆克知道她力气太大了，自己肯定打不过。他只能一边死死抱住顾小溪的腿，一边大喊："快走，你快走！”

顾小溪一时停下了动作。她的神情十分古怪。她几乎是绝望地看着脚下这个抱着自己腿的男人。

“不管哪个世界，你都不会选我。那你就去死吧。”

顾小溪只觉得全世界都消失了，只有一股火焰烧得自己大脑嗡嗡作响。她伸手掐住了陆克的脖子，陆克的脸瞬间就成了绛紫色。他知道，在这样的力气下，下一秒，他的颈椎就会折断。

李诗行终于找准这个空隙，将顾小溪踢翻在地，又夺过她手中的匕首，直向她心脏刺去。顾小溪用双手抓住匕首刀尖阻挡，一股皮肉的焦煳气冒起来，她惨叫出声。李诗行反手一划，顾小溪的脖子被割开一道小口子，血液喷泉一般涌出来。

顾小溪捂住伤口。她感到一阵眩晕。眼前的

灯光和频闪中，她的视线渐渐模糊。

落地以后，她在剧场看到了剧目介绍。《不眠之夜》，这个宇宙的《麦克白》竟然有一个这样奇特的版本。在自己的宇宙，莎士比亚也是个吸血鬼——能写出天才剧目的吸血鬼；在他笔下，《麦克白》的主角们也都是吸血鬼。

“与其在国王宝座清醒百年，不如在爱人肩头沉睡一晚。”这是顾小溪最喜欢的台词。

金甲虫确实不在她身上。今天也许要死在这里了。一百年了，她不眠不休地逃了一百年，早就厌倦了——死亡未必不是好的归宿。也许这个剧场，是上帝为她准备的最好的落幕演出——她不允许任何人，打断这场演出。

“不许报警。我不会再伤害别人。只要这里的表演停止，我立刻大开杀戒。”

说罢，顾小溪转身逃出门去。有些观众被她

的“表演”吸引，甚至跟着她追出门去。

李诗行没有去追。这一场的观众很快散去了。她疲惫地慢慢走过来，扶起陆克。确认他脖子没事以后，她走到祭坛高台的背面，将第二颗晶体贴了上去。

“怎么办，还能报警吗。”陆克虚弱地说。

“不行。”李诗行的音调毫无波动。顾小溪这个疯女人，一向言出必行。

06

不眠之夜剧场四楼，白蛇竹林

陆克要打电话叫救护车，被李诗行拒绝了。她执意要去401号房间。陆克见她似乎真的没有生命危险,决定先去四楼。正好那里有一个地方，可以把事情问清楚。他拉着李诗行沿台阶一路向上。黑暗中,只有风声在耳边流过。

四楼是一片竹林，碗口粗细的竹子密密麻麻,在一片泥土的气味中静静伫立。夜风拂过,竹叶窸窣,似在低语。

一片黑暗中,只有零星的翠绿色、幽蓝色灯

光点缀。竹林被抹上一丝奇幻色彩，这让李诗行想起故乡的夜晚。

吸血鬼和人类征战不休的世界，能源紧缺，人口骤减，即使北京、纽约、伦敦这样的超级城市，夜晚也只剩零星的霓虹灯灯光闪烁。午夜长街，两轮月亮照着猎鸦的银色匕首，回荡着吸血鬼的哀号。

李诗行看看手表上的位置，原来所谓的 401 号房间，就是这片竹林里的一个小屋，但是位置在屋顶上。没有时间浪费了，她以猎豹爬树的姿态爬上屋顶，将晶体放好。

陆克在下面只有目瞪口呆的份儿。

李诗行下来以后，感到一阵阵眩晕。她想进小屋休息，陆克告诉她，这里是公众表演场地，容易被发现。沿着林间小路，陆克拉着她来到一根特别粗大的、画着一条白蛇的竹子跟前。他在那棵粗大的竹子上数了数，在从下往上第七个关节处按了一下。竹林旁边的一块墙壁突然打开，露出一间密室。二人进去后，墙壁自动合拢。

陆克点燃了墙壁上的蜡烛。明黄色的暖光照亮了室内。

这里是个挺小的房间，布置成一艘小船船舱的样子。船舱内有一张竹编的小桌，上面放着热水壶、毛巾，几个竹根雕成的小茶杯，和一小碟绿豆酥。

“这里是怎么回事，百年修得同船渡吗？”李诗行无力地瘫坐在墙角的蒲团上，突然面无表情地来了一句。

“还有心情开玩笑？”陆克心里嘀咕。

这片竹林是《不眠之夜》中国版本的创新，场景正取自《白蛇传》。陆克让人在竹林里设计了一间密室，不会有演员进来表演，只想给观众一个惊喜——但很少有人能够发现。

说来也是奇怪，经历了刚才种种，正常人早就吓瘫了。但陆克只要一看到李诗行的脸，就仿佛忘掉了所有的危险。尽管他现在根本不能确定眼前这个女孩儿到底是李诗行还是怪物，但他知道，这个女孩儿刚才冒着生命危险救了自己。

“不用一脸愧疚。你刚才也不要命地救我来着。扯平了。”李诗行无力地说。

陆克用热水打湿毛巾，给李诗行擦了血渍，又取了茶叶泡上。血液深红中泛着紫色，这绝对不可能是人类的血液。

茶水的热气氤氲着浮上来。李诗行抱着茶杯一口气喝下去。微苦而奇特的香气在口中散开。

这个叫……绿茶吧，她问陆克。在自己的世界已经消失很久了。爷爷李一还在世的时候，她在实验室喝过一两次。

“李一，你爷爷叫李一？”陆克急忙问。

“对，怎么了？”

陆克暗暗摸了摸袖子，金甲虫圆滚滚的，还在。是巧合吗？

他拉开袖子，把金甲虫给李诗行看，并告诉她金甲虫的来历。

李诗行几乎不敢相信自己的眼睛。她拉过陆克的手，将金甲虫紧紧握在手中。

“到底怎么回事，说说吧。”陆克轻轻说。

“你不会相信的。”

“不试试怎么知道？就算你是外星来的我也不吃惊。人类怎么会有你这种颜色的血？”陆克皱着眉头看着李诗行。他的语气开始变得戒备和焦躁。

李诗行感觉到了陆克的情绪，她叹了一口气。“你相信有另一个世界吗？”

“你说说看。”

“那个世界，有两个月亮。”

李诗行站起来，走到窗边。今晚是上弦月，似银色弯钩。

如同梦境一般，李诗行开始讲述一个不可思议的故事——另一个世界的故事。那是有两个月亮的地球，那是百年的不眠之夜。感染的吸血鬼，被猎鸦百年猎杀。

百年以前，人类开始进行“基因重组计划”，将动物的基因与人类融合，制造出能飞翔、能潜水、能识别超声波的新人类。然而，这项技术也被不法分子用来研制超级病毒，一场席卷全球的病毒灾难开始暴发，被感染的人类，逐渐变成吸血鬼。永生不死，百年不眠，动作迅猛，力大无穷，只能以人类和动物的血液为食，只有阳光照射和银质匕首割掉头颅才会死亡。吸血鬼咬人吸血后，病毒也会传播，将正常人类变成吸血鬼。李诗行的爷爷“李一”，是个物理学家，主要研究虫洞，后来主攻时空旅行，还得到了诺贝尔物理学奖的提名。去世前，他给李诗行留下一个迷你版金甲虫，是开启不同宇宙之间虫洞的机器。但不知什么原因，李诗行尝试了很多次，从来没有起效过。而在另一个世界，也有一个叫顾小溪的女孩子，喜欢了陆克很多年却被一再拒绝，有一晚心情不好出去买醉，被吸血鬼咬伤，感染也成为吸血鬼。为了复仇，她在一个夜晚潜入李诗行家里行凶，咬伤了李诗行，陆克拿着防身的银匕首过来相救，却被顾小溪反手夺走，刺中了他的心口。

随后，李诗行也告诉了陆克虫洞机器、怎么掉落在这个剧场、如何用晶体布置四极矩的事情。因为爷爷李一的研究举世闻名，顾小溪是知道虫洞机器的事情的——在她袭击陆克的夜晚，她也偷走了机器。百年来,李诗行一直在寻找她,交手几次,都错失了机会。这次二人打斗的时候,无意触发了机器。听完这些天方夜谭似的话,陆克一时没有吭声。他是个感知极敏锐的人,做判断也常常依赖直觉。他的理智告诉他李诗行的话很荒谬,但他的直觉,却恰恰相反。

原来平行宇宙的理论是真的,另一个宇宙也有一个陆克?想想都觉得不可思议。

“那你现在……是变成吸血鬼了吗?”

“是。别怕,我做过特殊治疗,已经没有传染性了。”

虽然觉得同情,陆克还是下意识把屁股往旁边挪了挪。

“如果你们不能及时回去呢?”

“留在这个世界,把病毒感染给更多人吗?”李诗行的声音很平静,陆克却不寒而栗。

“那后来呢？你的……那个陆……”

“死了。”

陆克一时无言。

也许因为是一百年以前的事了吧，李诗行脸上平淡如水。

“他肯定很爱你。”过了一会儿，陆克才轻轻地说。

李诗行看看时间，已经是22点50分。

她犹豫了一下。她觉得自己应该把真空衰变的事情一起告诉陆克——但她开不了口。

一旦开口，她就要离开这个温暖得不真实的空间，重新走入黑暗和危险。今晚的结局，要么是和这世界一同灭亡，走入永恒的死亡；要么是回到那个追逐猎杀的不眠世界。无论如何，都不会再有陆克。

如果，自己留在这个世界呢？杀掉这个世界

的李诗行，取而代之？如果，自己把眼前这个男人带走呢？带回自己的世界，永远在一起？

李诗行不知道。她心里乱得像一团麻。

“那你有一百多岁了哦。也就是你们的世界比我们晚一百年吗？那我们这个世界也会暴发病毒吗？”陆克哪里想得到李诗行的内心变化，他耐不住好奇，一连问了一串问题。

李诗行说，平行宇宙的时间线各异，细节也各有不同。比如这个宇宙的陆克的性格很好奇，也很好胜。她们那个宇宙的陆克，是个消防员，比较老实，对艺术不敏感，也没什么好奇心。不过两个陆克，倒都是一样天不怕地不怕的。

“我也很老实的呀！说得我好像不老实似的。”陆克很不服。

李诗行又笑了。她挪过来，轻轻靠在陆克身上。她头发上有一点淡淡的香味，很陌生，又似乎很熟悉。陆克觉得心跳有点加快，一种前所未有的复杂而陌生的情绪浮上心头。

看她刚才望着自己的眼神……分明还在想着他啊。

如果是自己，会为了保护爱人放弃自己的生命吗？陆克不知道。

他以前从来不觉得，爱情这个词和“永远”有什么关系。像《麦克白》那样，它可能会被欲望和软弱打败；像这个世界的自己和李诗行那样，它可能会被时间和的距离消磨。彩云易碎琉璃散，好物从来不坚牢——白娘子也留不住许仙。

也许这世上，只有死神和遗憾，能让爱情保鲜。

与此同时，李诗行心中也翻滚着激烈的感情。

她真的能够下手杀掉这个世界的李诗行吗？

她真的能够把眼前这个活生生的陆克带回一个充满冰冷、血腥的陌生的世界吗?

要在那个世界和自己在一起,陆克必须也成为吸血鬼。

今夜之前,李诗行以为自己一定可以。百年猎杀,她早以为自己的心已经比石头还硬了。

但眼前这个无亲无故的男人,能为了自己拼命。不,他是为了自己心里的那个李诗行拼命。李诗行感到一股温暖和嫉妒交织的复杂情感。

她已经等了一百年了。难道要在今夜放弃吗?

她心如刀绞。

“刚才看你上楼的动作,还挺麻利的。吸血鬼,那个,都有什么特质啊?”陆克清清嗓子,有点紧张。

烛光摇曳,陆克一脸好奇,看起来萌萌的,和平日的严肃迥然不同。不知是因为暖色的灯光还是滚烫的茶水,李诗行的心似乎被什么化开了。

“不告诉你哦。”

陆克的脸一下子就拉下来了。李诗行忍不住笑起来。她已经记不得自己多久没笑过了。陆克也觉得有点不好意思,也笑了。

她眼睛眨都不眨地看着陆克。这好像就是自己记忆里的陆克,会为自己打架,看电影一定要吃爆米花,每次煎牛排都会煎煳,进门就乱扔袜子的陆克。

而那些温暖的记忆似乎都已经有点模糊了。眼前这个男人,真的只是另一个宇宙的男人吗?这真的不是自己的陆克吗?

突然,陆克身子僵住了。他突然紧张地按住李诗行的肩膀,语速很快地开始发问。

“你来这个宇宙,对这个宇宙的李诗行有影

响吗？像一些科幻电影里说的，这个宇宙的李子会消失吗？”

“不会。但是……”李诗行终于还是开口，告诉了他真空衰变的事情。

他会信吗？她有点紧张。

“走吧。去第四个房间。”陆克果断地说。他没有问李诗行为什么现在才说，也没有时间犹豫或退却。他一瞬间就做出了决定。

无论真假，他都赌不起。

没等她回答，他已经起身，打开了密室的门。一阵风吹进来，墙壁上的烛火熄灭了。

烛火熄灭的瞬间，映着李诗行的眼中一抹失落。

07

不眠之夜剧场五楼，圣水洗罪

向前。两人冲破黑暗,沿着楼梯来到 524 房间。

这个房间温暖潮湿,弥漫着暖香和情欲的气味。房间一角有一处床榻,麦克白和夫人正在表演。他们以一种现代芭蕾的舞蹈动作表演亲昵和争执。动作皆含蓄克制,点到为止,空气中的情欲却浓得几乎要结晶。麦克白双手染血,神色癫狂,在麦克白夫人的白睡衣上留下一个个血手印,麦克白夫人正抓住丈夫的肩膀哭泣,性感而修长的身体因羞愧而颤抖，黑色长发已被汗水打湿。她的痛苦仿佛有一种魔力，周围的十几名观众中，也传来了低低的抽泣声。

房间中央有一个“圣水台”，清澈的水流从高墙上引下，在台中聚成一潭清泉。

李诗行看着手表上红点的位置，渐渐锁紧了眉头。陆克觉得不对，走过去看了一下，手表上已经有三个红点闪烁；而第四个红点的位置，竟然落在了窗外的半空中。

“红点的位置变了。一小时前还在室内。虫洞的引力场让这座楼有轻微的变形。”李诗行深深吸了一口气。

两人来到窗前，根据图示，红点的位置正落在距离窗口五六米处的偏下方，悬在半空。前不着村后不着店，根本够不着。

时间已经是 23 点 35 分。

“怎么才能把晶体固定在半空中呢？”陆克环顾四周，想找个杆子什么的。

“不一定要固定。只要在特定的位置激活晶体即可。”

“够不着怎么激活啊？”陆克心里一阵窝火。

此刻，李诗行反而显得很平静。她走到圣水台前面。

“你想什么呢？怎么办啊？”陆克看她这不紧不慢的样子，有点火了。

圣水台上方，有一个高大的雕塑，是耶稣在十字架上受难。李诗行抬起头。她的脸格外瘦削，颧骨那里有两块很重的阴影，脸色比雪还要苍白。

一束顶光照下来，十字架的阴影落在李诗行脸上。她直勾勾地看着耶稣流血的身体，那眼睛——仿佛是昆虫死去的眼睛，空洞无物。

这一晚，不眠之夜，她必将做出抉择。

“你知道杀死同类的感觉吗？”李诗行缓缓开口。

陆克望着眼前这个女孩儿，一时无言。

猎鸦。如果是自己，在捕猎者和被捕猎者之间，恐怕也会选择前者吧。但，要熬过多少个痛苦的夜晚，一个普通的女孩儿才能成为杀人不眨眼的猎鸦呢。

做一百年的杀手，会比做一百年的猎物幸福吗？

周围，音乐声渐渐变大，那是教堂管风琴的伴奏，悲切的轰鸣回荡在四周。

麦克白夫人走过来，沿着石阶，一步一步，踏上圣水台。

“我的罪孽根本无法洗净。”说完后，麦克白夫人将身体浸入水中。在水中，她睁开双眼。白衣浮动，血迹如轻纱般散开。

有一瞬间，陆克以为她要对着十字架跪下，但李诗行却转身，背对十字架走开了。

是不愿表现出软弱？甚至，是憎恨上帝？她也会有宗教信仰吗？他不得而知。

李诗行终于做了决定。她把手表上的方位图再给陆克看了一下。

“快走，你先去一楼。你看，就是这个小储物间。金甲虫需要提前十五分钟布置好，这里我来想办法。”

“可是……”

“顾小溪肯定已经等在那里了。她肯定也在四处找金甲虫——她当然找不到，所以只能赌我们是否能找到。最后时刻，她在那里守株待兔即可。没时间了，我处理好了就来找你。快！！”

没有时间犹豫了。陆克只能握紧金甲虫，向一楼奔去。

08

不眠之夜剧场一楼，无名盛宴

时近午夜,血色雾气弥漫。

无名盛宴上,众人聚集,以缓慢如鬼魅般的动作,觥筹交错。

这是《不眠之夜》的最后一幕。

陆克来到大厅一角,拉开幔帐,露出那个隐蔽的储物空间。半空中果然有一个诡异的黑色圆洞,边缘正散发着紫色的光芒。

陆克并不知道,光芒由蓝变成紫,正是真空衰变即将开始的先兆。

他退出来，放下幔帐，躲在剧场一角观察。

不知道此刻顾小溪在哪里。

时间已经是23点48分。陆克紧紧攥着金甲虫，手中冷汗直冒。

突然，一个黑影从楼外高空坠落，重重砸在窗外的地面上。

落地的一声闷响，被剧场内悲怆的大提琴声盖过。只有陆克看到了这一切。

那一瞬间，他突然明白了。

他跌跌撞撞向落地窗跑去。

把李诗行拖进来的时候，她已经满身是血。

吸血鬼的血，深红中泛着淡淡的紫色，染满了银色的衣服。

第四颗晶体，已经在她坠落空中的瞬间，安放完毕。

观众们多数都围在长桌那里等待最后的落

幕，也有少数几个围在陆克和李诗行身边，欣赏这出充满感情的"表演"。

醒来，快醒来。陆克坐在地上，抱着李诗行晃着。李诗行却毫无反应。他的眼泪一滴滴落下来，掉在李诗行脸上。也许是眼泪的凉意，李诗行困难地睁开了眼。

"还没死。"她微弱地说。

陆克哽咽了一下，又索性放声大哭起来。

陆克没有留意，金甲虫已经掉落在地上；他也低估了吸血鬼的夜视能力——要比人类强得多。

等候多时的顾小溪从黑暗中一跃而出，将金甲虫抢到手中，一把撕开了幔帐。

黑洞的蓝光已经消失，真空衰变已经停止。顾小溪拿到金甲虫，眼看就要启动。

李诗行用尽全力推开了陆克，撞向顾小溪。

金甲虫被撞落，李诗行拿起金甲虫，在一个细微处用力一按，金甲虫的翅膀展开，露出蓝色泛光的半透明身体。

黑洞内部开始泛起旋涡般的光芒。

此时，已经是23点53分。

一些观众聚集过来，好奇地看着这一切。

李诗行想要靠近旋涡，却被顾小溪死死拖住。她发出野兽般低沉的嘶吼。

生死关头，匕首相交，在暗中擦出火花。李诗行明显体力不支，脸颊被抓出道道血痕。

四周音乐声渐起。苍凉而悲怆的大提琴、管风琴奏起《欢乐颂》。圣洁而缓慢的乐声中，一根绞带自餐桌上空缓缓坠下。麦克白将被处以绞刑。

《欢乐颂》是陆克选的。他不喜欢纽约那个悲怆的音乐版本。缓慢奏响的《欢乐颂》，以讽喻的手法，给麦克白的死亡增加了更凝重而深刻的救赎气质。

李诗行和顾小溪的打斗如此精彩，好多观众都顾不上麦克白那边，只围在这里津津有味地看着。

墙上的时钟，已经指向23点57分。

陆克从黑暗中出现。他手上拿着一把银质的三叉戟。

那是冥王手里的法器。他刚刚从储物间里拿出来的。

陆克从背后，将三叉戟插进顾小溪的心口。银器到处，腾起焦煳的烟雾。

顾小溪发出一声惨叫，摔倒在地。

虫洞近在咫尺。李诗行却犹豫了。

她回头看着陆克。

近在咫尺。

舞台上，麦克白夫人对行刑前的麦克白，说了最后一句台词：一夜就是一生。

“你还等什么呢？”陆克大喊。

李诗行的眼角，流下两行血泪。

只有在极度悲痛绝望的时刻，吸血鬼会流下血泪。

陆克想说什么，喉咙却哽咽了。他用力挥挥手。

跨进虫洞的那一刻，她回头看了陆克最后一眼。

如果，只是如果，我是这个世界的李诗行……

一墙之隔的曼德雷酒吧，舞女正在清唱。

好花不常开，好景不常在。今宵离别后，何日君再来。

再见了。陆克。

午夜钟声敲响，无名盛宴终结。麦克白的身

体微微抽搐,终于不动了。

李诗行隐没于黑暗的一瞬,陆克看到她眼角的一抹红色,如同玫瑰上的露珠。

圆镜一般的黑色虫洞缩成一点,消失了。

最后一刻,许多木质的佛珠从洞中弹出,跌落一地,发出脆响。

09

古寺

傍晚时刻,古寺起了山岚。

李诗行和住持熟识地打着招呼。陆克将一串佛珠交回住持手中。

那夜以后，陆克满身是血地从剧场走出来，在酒吧,抱住了李诗行。

后来,他才隐隐意识到,吸血鬼李诗行,是可以把自己带回那个世界的,甚至可以做出许多更加残忍的事情。

那一滴血泪,在很长一段时间里,不断出现

在陆克的梦境中。

他在《不眠之夜》增加了一个房间，布置成了一个满是吸血鬼的平行世界。演员身穿黑色罩袍，手持银色匕首，在月光中追逐。

但是，陆克做了一个新设置。吸血鬼的身份不是永恒的。真挚无悔，甘愿牺牲的爱情，会让吸血鬼流下血泪。然后，吸血鬼将被治愈，重新变为人类。

那个房间里，高悬着两枚月亮。

后来，陆克才知道，这个世界的高僧李一，正是李诗行的爷爷。所以李诗行和古寺住持，也是熟识的。

住持说，四川寺庙传来消息，李一已经圆寂。他也将李一临行时候说的话告诉了陆克。

李一叮嘱住持，他在入定的时候，看到这串佛珠与陆克有缘，所以那次他特地前往茶室。但只怕这一场缘分颇多波折,但亦自有其意义。

“李一法师是怎么看到的呢?”陆克很好奇。

“高僧和物理学家的世界都是很神秘的。正如李一在两个世界的身份那样。”住持微微笑着。

“爷爷很早就出家了,妈妈和我提过,她一直不能完全体谅爷爷。前阵子爷爷去世,我专门赶去四川,和妈妈一起,送了最后一程,她的心结似乎才解开。爷爷说,宇宙很大,生活更大。也许还有一天会再相见的。”李诗行轻轻地说。

“李一还要我向你转达最后一句话。”住持对陆克说。

陆克静静等待。

“三千世界,灵魂不灭。只有情感会指引我们,去往心之所向的地方。”住持微笑着。

李诗行握紧陆克的手。她眼里泛着泪光。

陆克看着窗外。日光渐隐,明月初升,淡得几乎不可见。古寺的一百零八声暮鼓响起来了。

那个世界的两个月亮,升起来了吗?

西方残阳,如血红艳。

番外篇：

豆沙包

一、冬

南方的雪夜，除了奇寒，更多几分阴冷。漫天的细雪，仿佛星尘正向人间坠落。

男孩儿晕倒在古寺的山门前。柴犬闻到了气味，吠起来，被李一发现。他将男孩儿带到了斋房的后厨。热气蒸腾，男孩儿冻僵的身体渐渐和缓，悠悠转醒。

李一蒸了寺院晚斋时剩下的豆沙包和馒头，

装在浅黄色的粗陶盘子里。豆沙包像馒头一般圆滚滚的，皮子雪白松软。豆沙馅儿拌了些素油，磨得很细腻。寺里今日有法会，备了馒头和豆沙包两种主食，但从外表看不出任何区别。这剩下的一些自然也难以分辨。

男孩儿抓了一个匆匆地吃着，撕开后是有豆沙馅儿的，充满孔隙的面皮里，白色蒸气喷涌而出，清馨的甜味和浓郁的麦香在雪夜散开。

他又抓起一个，这次只是馒头。但没吃几口就噎住了，赶紧灌了几大口面汤。

李一问起他为何雪夜来到这里，男孩儿沉默了一会儿，说，父亲早逝，母亲重病，家里已经没有一粒粮了。

窗外，雪片越来越大。男孩儿记挂母亲，执意要走。李一便用油纸包了剩下的豆沙包，又取了自己的蓑衣斗笠给他。男孩儿小心地将豆沙包裹进单薄的上衣，贴身放着；穿了蓑衣，回身，眼中盈泪，给李一深深行了一礼，便冲进了山雪之中。

茫茫天地，男孩儿过大的蓑衣，被风吹得不停翻动。

李一看着，不知怎么想起了某个夏日的暴雨，冲刷着溪水中一只无措的石蟹。

二、春

春日，绿柳才黄，毛茸茸的黄雀在枝头欢欣地叫着。

李一本是四川一家寺庙的年轻僧人，是来宁波阿育王古寺客居修行的。他闭关三个月，今日期满，就要离开了。

临走的时候，他经过大殿门口，发现里面正举行着新的剃度仪式。老住持正在给一个八九岁的男孩儿点戒疤。点好之后。男孩儿抬起头来，目光静深澄澈，不像他这个年纪的孩子。

哦，原来竟是雪夜来访的那一位。

旁边一个洒扫的和尚说，听说这孩子母亲改嫁了，为了不给她增加负担，便来了这里。倒是极聪慧的，老住持很赞赏。

男孩儿向门口望来，似乎看到了李一，又似乎没有。

李一看了一会儿，便悄无声息地离开了。

三、夏

夏日，无数黑色的蝉，在碧绿的叶片间奋力歌唱。可叹这小小的生物，于一生之中最茁壮的时刻，竟鸣起了这般雷霆之音。

时隔多年，李一又回到了阿育王古寺。这次，他客居了三年。

当年的男孩儿，已经成了这里的住持。三年间，他们时常秉烛夜谈。

今晚，李一进到住持的房间，发现茶桌上放着一碟豆沙包。

“说好的过午不食呢？”李一问。

“人生苦短，何必拘谨。”住持露出了一种罕见的活泼神色，和白天的持重迥然不同。

“看来最近有新的参悟？”李一问。

“不错。”住持拿起两个豆沙包，掰开。原来一个是有馅儿的，另一个是实心的馒头。

“昨夜打坐的时候，看到一个实心的颗粒穿过一道很窄的缝隙后，变成了两个。两个颗粒表面看上去差不多，其实却不同。就像这豆沙包和馒头一样。奇怪的是，这两个颗粒又似乎并未分开，处于‘是’与‘非’之间，或者说，同时处于‘似是而非’的状态。随后这两个颗粒靠近，产生了交叠，交叠的部分，变成了一片虚空。”

“虚实相生。交叠的地方是‘虚’，说明两个颗粒都是‘实’。最初的颗粒，也是‘实’？”李一问道。

“不错。”住持答道。

“一个实体，分化出两个等量的实体，能量又没有损耗，似乎是不可能的。”李一有些疑惑。

“而且，还同时处于‘似是而非’的状态。”住持说。

“这可否用来解释‘三千世界’？”李一思考。

“我也这么认为。”住持笑了。

两人就着茶水，静静吃完了豆沙包和馒头。

“三千世界，都从最初的一个点生发出来，既有相似，又有不同，并以一种并非常人能理解的方式，同时存在。我们目前所在的世界，只是其中一个。”李一说。

“这些世界之间，可能偶然会有叠加，叠加的部分，即‘虚’的部分。‘虚’的世界有一些不确定的规则，或许不是我们能理解的。”住持答。

“这也许能够解释我几天前打坐时候，看到的一件怪事。”李一眉头锁了起来。他举起自己手上那串戴了多年的佛珠。住持静静等待。

“我看到了我的佛珠、一只金甲虫、一个个子很高的陌生男人，和一团红晕。我能感觉到那团红晕的气场，是我的孙女。但十分奇怪，就是‘似是而非’的感觉，是我的孙女，同时又不是。”

“你在担心，是世界的重叠？”

“似有可能。”

两人再无别话。只有夏风，从窗口的缝隙穿过。

四、秋

秋叶落在屋檐。时至黄昏，古寺起了山岚。

奇特的山岚飘过寺院门口。

暮色渐沉，神佛寂静。阿育王古寺，露水在石阶上凝结。

山岚徐徐飘着，不紧不慢。李一注意到了这有些奇异的山岚，便一路跟着，向前走去。

不知不觉，便走到了茶室。那卷蜜糖色的山岚飘到茶室门口，终于随着一阵山风，散作不见。

李一走进茶室，见到了那个曾在打坐幻境中见到的男人——陆克。他便走进屋子，装作一个普通的洒扫僧人。

临别前，他悄悄在窗前留下了自己的佛珠。

今晚，是在这寺院的最后一晚。虽然身体状况不佳，李一还是缓缓登上了后山，中间歇了好几次。

他能感到，自己的心脏在不堪重负地跳动。

明天，他会向住持辞行。大限将至，只怕此次一别，今生便无缘再见了。

佛珠送出，他最后的心愿已了。尽人事，听天命罢了。

从山上望下去，古寺小得宛如沙盘。银钩似的新月缀在大殿飞檐。

不知怎么的，李一想起了豆沙包的味道。自九岁那年起，这味道伴随了他的一生；每次出现，都夹杂着寒冷又温暖的雪意。

涌现岩就在前方。李一艰难地攀坐上去，闭上双眼。

“一切有为法，如梦幻泡影，如露亦如电，应作如是观。”

番外篇：

灰夜居

话说前几日，饿鬼道的二当家燃犀又闯祸了。

众所周知，那饿鬼道的大鬼小鬼皆是饕餮的部众。近日，为争夺奥尔特星云的神蚕，东西方众神打成了一团，饕餮被冥王哈迪斯逼得节节败退。决战前夜，却到处寻不到副将燃犀——军令的量子密钥还在他手里。饕餮盛怒之下，饿鬼道的大当家春阳只得连夜从战场赶回，四处寻这不争气的弟弟。原来这小子新搭上了一个夜叉女，春阳闯进去的时候，两人在床上滚得正欢，满屋子都是合欢酒的味道。燃犀还在酒劲儿上，被春阳揪起来，一记耳光扇翻在地。抬眼一见春阳，这才醒了几分，顿时冷汗和着血一起从脸上流下来。

“神蚕之战”以东方神惨败告终。话说这神蚕亿万年间得宇宙精气滋养，所产五色神丝，神力通天彻地，变化莫测，甚至能够牵引星座。此次神物归“西”，不仅仅是资源问题，还是个面子问题。反正玉帝是气歪了脸，饕餮“东方战神”的节操更是碎了一地。

按律，燃犀当斩。为求情，春阳和他一起，在饕餮殿外跪了三日。第四日，饕餮阴着脸推开门，往燃犀天灵盖上狠拍了一记，并当众扔下一句话。

“带神蚕回来。”

一瞬间如惊雷灌顶，燃犀两眼一黑晕了过去。

仿佛过了几辈子那样长，燃犀才飘忽忽醒来。

玻璃器皿折出暗光，暗红色的灯光在走道的雾气中弥散。

这里仿佛是一个酒吧，有几个人影在慢慢移动。过了一会儿，燃犀才觉得不太对——全身软绵绵的没有力气，根本动弹不得。

他这才发现，这酒吧里，除了少数身影在行走，多数身影都凝滞在原地，纹丝不动——包括自己。

身影都是半透明的，面目模糊。但不知为什么，燃犀觉得他们多少有点眼熟似的。

一个身影渐渐过来了。是个蒙着黑面纱的女人，指间藏着一抹雪亮的光。昏暗的灯光里，他闻到一点熟悉的味道——是龙涎香。

女人抬手，亮出刀锋的时候，燃犀终于想起来了。累世轮回中，只有一个旧识，是爱用龙涎的。

千年以前，燃犀的皮囊在长安。家世显赫，放荡不羁。那一世，他闻名长安因有一“怪”——嗜好刻印，一柄刻刀使得神出鬼没。水晶玛瑙、犀骨象牙、昆虫走兽、山花美人，经他之手的印章，皆美得不可方物。后来，长安清曦楼的头牌舞娘墨染钟情于他。无奈燃犀这皮囊真是和元神一模一样，一如既往地不靠谱，没过多久就厌了，搭上了别的女人。再后来，墨染重病，于一个大雪纷飞的冬日饮恨而终。燃犀本来觉得玩玩罢了，没想到墨染竟用情至此，事后也有些愧疚，以上好的墨玉刻下一方“美人斩”。印上，墨染舞剑，衣袖随剑风扬起，玲珑洒脱，吴带当风。后来那印被一富商相中买去，几经战火，下落不明。

出了唐朝轮回后，元神归位，燃犀查了累世记忆，才知那墨染也是有元神的，是一只玄鸟，上古时曾与燃犀有惊鸿一瞥之缘。但因元神都轮回了太多世，爱恨情仇见了不知多少，加上燃犀本就是个没心肝的，慨叹几句，就把这事忘了，没想着要再去寻墨染。

眼前这女人，可不正是墨染的一个分身，周身散发着怨怒的气息。她手中的小刀，可不就是自己用过的那柄紫竹刻刀。

墨染的这个分身承载了太多唐朝时候的痛苦记忆，才被抛弃在这里。她举起刀，慢慢靠近燃犀。新仇旧恨，总要结算。情事恩怨，和燃犀千年战场厮杀相比，又算得什么。他索性闭上双眼。

墨染以刀慢慢扎进燃犀的手臂、手掌、一下一下划着，黏稠的血渗出来。不知是不是这里的空气寒冷,那血流得如糖浆一般缓慢。燃犀感到疼痛，但也只是做人的时候皮囊层面的疼痛罢了,比起饕餮天灵盖上的一击可是差远了。

……说起饕餮,不知道自己要找的神蚕到底在哪儿?燃犀四处张望起来。突然,他注意到,那东南一角,酒吧的入口处,站着的不正是饕餮?只是不像平日那样是黄色披甲的打扮,而是周身黑黢黢的一团,一手拿盾一手拿斧——那不是干戚吗?饕餮老早以前从刑天手里抢来的?

此时,墨染停了手。看着东张西望的燃犀,她愤然举起沾血的刻刀，似要向燃犀心口刺下去，却在最后一刻,无力地垂下手,泪水沾湿了面纱。燃犀心中涌起些许愧疚,但更多的却是轻松。

“墨染,是你吗?”

墨染开口,声音沙哑如同玄鸟悲鸣。

“生生世世,你的心思仍不在我身上。”

说完这句，她的身体化为一只黑色的玄鸟飞去。半空中，那片黑色的面纱，悠悠坠下。

面纱上绣着三个字——“灰夜居”。

许是这面纱解锁了什么封印，燃犀的身体能动了。他抓着面纱，心情却无比沮丧。

饕餮你大爷的，这不是神灵的厕所吗！

这事还要从诸神的分身说起。人间所谓“六道轮回”的传说，确是有几分道理的。人的所谓“三魂七魄”“灵魂”或是说“意识”，其实都是一种四维的“元神”，是寄宿在生物肉身内的高等生命体。无论转世成昆虫、鸟兽、还是人类，变的只是皮囊，元神不灭。所谓的“这个妹妹似乎见过的”“一见钟情”之类，不过是累世记忆，再续前缘罢了。

元神自上古起就存在，上古神话中记载的“饕餮”“混沌”“刑天”等，都在不断累世轮回；春阳、燃犀自然也是如此。元神轮回的区域相对固定，东方神一般在东方轮回居多，西方神亦同理。

大名鼎鼎的“神灵厕所——灰夜居”，是神灵抛弃“废弃物”的地方。神灵的“废弃物”，就是所谓的“坏掉的分身”。在累世的轮回之中，恩怨痴缠，元神总会有磨损，主动或被动地分离出一些碎片。这些碎片看起来也许透明些、迟钝些或是只缺了身体的某一块东西。

燃犀终于想起，门口那黑饕餮，不正是饕餮的一个分身，只负责“守卫”的。看来是饕餮专门派出来看着灰夜居，防止分身外逃的。

那自己也是一个分身了？燃犀有点急了。

这饕餮也太狠了，竟一掌把自己的元神劈下一块，扔在这鬼地方?!

还好身体慢慢能动了，燃犀挪着发麻的双脚，向灰夜居深处走去。因为饿鬼自带超强的修复能力，他身上的伤口已愈合了大半。伤口是不怕的，不是中毒就好。

窄巷深且长，鱼肠一般。血迹仍在燃犀的脸上挂着，形同鬼魅。

血色的红光照下来，仿佛通向冥界似的。

前面越来越冷了。

窄巷两旁有一些半透明的“仓位”，可以看到一些身影模糊的神灵被封在其中。寒风吹过来，他们身上都结了霜。面目看不太清，大致轮廓是高鼻深目的样子，看着更像西方神。

看来灰夜居也是划分领地的。能封印这么多西方神，首领应该是个大元神的分身。

燃犀已经猜到这里是谁的地方了。他经常和春阳在地狱巡视，对死亡的气味比鲨鱼见血还要敏感。

他一边拼命回忆春阳书房里那本《西方神史》的内容，一面摸索身上是否有什么防身的东西。摸了半天，却只摸到了那支染血的紫竹刻刀，不知墨染何时塞过来的。燃犀在心里叹息了一声。

前面出现了一个高顶的教堂，正中间，层层石阶之上，是一个祭坛。空中浮着无数蜡烛，蓝火莹莹。这里寒冷彻骨，也只有冥火才能点燃。

教堂里点缀着染霜的菊花和黑枸杞；通道两旁，各色农作物也都已在寒风中枯萎。

教堂里摆满长椅，坐满了人。他们都穿着统一的黑色罩袍，戴着白色面具，如同鬼魂。燃犀顺手将墨染的面纱扎在脸上，在教堂最隐蔽的一个角落，悄声坐下。

黑衣、白菊、祭坛。

门口传来一阵响动。不出所料，走进来的，正是冥王哈迪斯。

一身黑色锦袍，肩上垂下一件长长的、厚重的披风，上面绣满了艳丽的红罂粟。即使在神灵里，他的个子也算很高的。只是他脚部有点透明，看来同样也是分身罢了。

他身后跟着他的宠物——那只有名的三头恶犬刻耳柏洛斯。三张嘴都张大，一边嘶吼，一边散发着恶臭。

哈迪斯一步步走上祭坛。教堂众人纷纷起身，跪下，齐声念诵着什么。

燃犀知道，饕餮雷霆手段，虽然不知道接下来怎么应付，但过不了冥王这一关，这分身必要死在这灰夜居里。燃犀暗暗握紧了手中的刻刀。

祭坛上放着一口棺材，有华丽复杂的蓝黑色光芒流转。

燃犀定睛看了一会儿，棺材似乎是欧泊制成的。燃犀在鬼道开了许多妓馆舞馆，按说宝贝是见过不少，但欧泊是西方珠宝，并不常见，燃犀也只在一个阿拉伯商人那里见过一次。据他描述，这是一种磁场很强的珠宝，来自宇宙深处，能够感应闪电。

说时迟那时快，一道闪电在教堂门口亮起，随即惊雷鸣动。一群戴着白色面具的黑乌鸦簇拥着一团蓝色的光芒飞进来，宽大的翅膀带起寒冷的风，直向那祭坛飞去。

雷电闪动的时刻，棺盖似乎受到感应，缓缓打开、升上半空。

祭坛之上，群鸦散开。蓝光中，一只巨大的玄鸟，落地便成了披着黑纱的少女。

原来是一场献祭。

《西方神史》里提到，哈迪斯有死神之力，曾经使忒拜城邦染上致命的瘟疫，直到两个美貌少女——墨提娥克、墨妮佩自愿献祭，瘟疫才停止。

看这四面寒冬，谷物凋零，八成也是哈迪斯的力量。

倒也是，能打败饕餮的，还会是什么省油的灯。

哈迪斯抬起双手，光芒在他指间凝聚。虚空中出现一只五色神蚕，只是尾部缺了一块，看来也是分身。燃犀倒也很好奇，这引得东西神灵大打出手的神兽，到底是有什么妙处。

神蚕在空中微微摆动身体，从口中吐出丝来。最初仿佛是清泉一般的液体，随即在半空中凝成细线。哈迪斯以修长的手指轻轻缠绕，将蚕丝引向少女的颈部。

少女从头至脚都蒙着黑纱，蚕丝在她细嫩的颈部渐渐收紧。少女的颈部现出粉色，细细的汗液渗出，带着一股香气飘散开来。

这时，三头犬突然痛苦地嘶吼起来，它被打断了几颗牙齿，鲜血流了满嘴。

哈迪斯刚一分神，说时迟那时快，燃犀已从座位上跃起，分身像元神一般敏捷，蜻蜓点水一般，几步便来到祭坛之上，将少女颈部蚕丝扯下，护到身边。

燃犀扯下少女的面纱，果不其然，正是墨染——燃犀刚才嗅到了龙涎的气味。

眼见祭祀生变，祭坛之下跪着的教众纷纷起身，黑云一般向祭坛上拥来。哈迪斯抬手示意，教众们才缓缓退回原地。

哈迪斯从三头犬口中摸出几颗硬硬的东西——原来是燃犀随手在教堂捡到的几颗冻得半硬的黑枸杞。能用这个打断刻耳柏洛斯小臂一样粗的牙齿，倒也有些本事。

哈迪斯上下打量着这个“抢亲”的少年。明显是个东方神，一身淡青色的长袍，双眉细长，肌肤细腻。少年一般的娃娃脸上挂着无辜的笑意，虎牙尖尖，酒窝浅浅，眼神却阴狠狡黠。哦，白色腰封上绣着骷髅符号——原来是个饿鬼，等级还不低的那种。饕餮派来报仇的吗？哈迪斯感到刚才身上的一丝紧张感像雾气一样消失了，嘴角挂起一抹讽刺。

燃犀伸手便要去抢那神蚕，哈迪斯却并未制止。燃犀刚刚触到那空中的神蚕，手掌上便腾起一阵白烟，半个手掌都变黑了。燃犀感到身体一阵发软，便倒了下去。他下意识去摸腰间的荷包，才想起这里是灰夜居——这里可没有自己常用来解毒的鹓鸰血。

墨染半跪在燃犀身边，见他嘴唇已经青了，不禁全身发抖。她想说话，却出不了声。看来颈间的蚕丝也是有毒的。

她一路跪着爬着，去抓哈迪斯的袍子。指指燃犀，又指指自己，意思是可以一死来换燃犀。

这祭品是神蚕之战中的战利品，饕餮为了休战送过来的礼物之一。哈迪斯从高处俯瞰她，半张脸都埋在阴影里。

以神的灵场，他翻了一下她的记忆。

上古时候，燃犀曾是一只碧眼银狐。一次，他被神鸟鹓鸰捉到扶桑上准备吃掉，这燃犀死到临头竟毫无惧色，也不知是油嘴滑舌说了些什么好听的，鹓鸰竟哈哈大笑认他做了小弟，并唤过来一只玄鸟，让她把燃犀送回去。燃犀沉着脸一路无话，与刚才的滑头样子判若两人。

不知不觉，太阳已经从扶桑上升起。燃犀一身的皮毛银光映着太阳的火光，碧眼宛若秋水银河。

一面之缘，玄鸟竟再难忘怀。后来燃犀犯了重罪，被罚下饿鬼道受苦，玄鸟只盼他轮回时候能得一聚。终于唐朝时候，燃犀的元神转世，和她有了一段浅浅的缘分，却以她殒命告终。

看到这里，哈迪斯心里轻叹一声。燃犀的磁场极冷，狡黠俊秀，很难长情。爱上这种类型，受苦也是必然。

哈迪斯本人虽然也凶狠多疑，甚至像很多神祇一样，有一些情人，但他对冥后珀耳塞福涅却始终极其看重——今天这场祭祀也正是为了她。神蚕的蚕丝可以吸纳的精气，这是给冥后分身最好的生日礼物——可以增加能量，保持磁场稳定。

可他为何要冒着生命危险救这个女人呢，是旧情、还是愧疚？

哈迪斯看着紧紧抓着自己袍子的墨染，有点

犹豫。

“分身知道自己是分身吗？”燃犀在地上，突然虚弱地问出这么一句。

哈迪斯闻言大怒，一脚踢开墨染，慢慢走过去，抬起另一只脚踩在燃犀脸上。

“知道又怎样。”哈迪斯傲慢地说。

“那你知道，这蚕是逃出灰夜居的唯一机会吗？”燃犀吐出一口血，冷笑起来。

哈迪斯的脸色立刻变了。他抓住燃犀的衣领，将他提到半空。一双蓝色眼睛和一双碧色眼睛在半空中对视。燃犀的目光纹丝不乱。

终于，哈迪斯扔下燃犀，在他背后击了一掌。燃犀倒地，吐出许多黑血，脸色倒是好了一些。

墨染将燃犀抱在怀里，嘴里却依然只能发出几个怪异嘶哑的声调。

燃犀缓缓将自己的想法告诉了哈迪斯。

一般来说，神灵的分身有各种类型。有的愚蠢，有的聪明，有的暴虐，有的温柔。好的分身自然有各种用处，经常被元神本体派出去干活儿、社交之类。而被抛弃在灰夜居的，多是不好的分身，往往凝结了累世轮回中许多痛苦的记忆和损耗。

燃犀这个分身来到灰夜居的原因很特殊，饕餮特意“劈下”他最聪慧的一片灵魂，自然是要他来“智取”神蚕的。众所周知，分身离开灰夜居，是闻所未闻的事。而饕餮说带着神蚕回去，正说明神蚕是能离开此地的唯一方法。

“饕餮就是守灰夜居大门的，能放你出去也不奇怪。”哈迪斯拧着眉毛看燃犀。

“私下放人，在神界是重罪，他这分身必死。据我所知，饕餮这个拿着大斧子的分身，武力值是很高的，他舍不得。但要出去，肯定也有风险。怎样，你要不要和我赌一把。”说罢，燃犀又吐出一口血。时间不多了。

“饕餮明知我的手段，还要扔你进来，九死一生，你还为他卖命做什么，不如留在这里做我小弟，岂不快活。”

“何必再费力试探。我燃犀这辈子只对哥哥春阳死心塌地，他偏又只忠心饕餮一人。我对神蚕的推测，字字属实，错过这次，你就慢慢烂死在这厕所里吧。”

“春阳是你哥哥？”哈迪斯不屑掩饰自己的吃惊。

哈迪斯仍记得，神蚕之战里，饕餮手下的大将春阳，有万夫不当之勇，一路不知斩杀了多少西方神兵，鲜血溅得银河都黯然失色。若不是他们的量子军令丢了，自己还真不一定能赢。

当然，如果他知道这军令就是燃犀的锅……心情一定会很复杂吧。

“神蚕到底有什么用？”墨染慢慢将燃犀扶起来坐着，燃犀盯着半空中浮动的神蚕出神。

“我这边的记忆，只有可以收集生命的磁场能量，转给别的神灵，可以增强磁场。而且，蚕丝有毒，大元神能够消化，你们这些饿鬼玄鸟之类的自然是不行。”

“春阳提过，神蚕以前有一世是烛九阴，有蛇毒也不奇怪。但蚕丝的用处肯定不止这些。据说西方的十二星座最早就是被这蚕丝的神力牵引，各自定型的。”

哈迪斯也不再说话了。良久，他才阴冷地开口。

“你若想出去，就要带着我。而我不能扔下珀耳塞福涅、刻耳柏洛斯还有我的这些部众。你要走，除非毁了这灰夜居。”

闻言，燃犀不由呻吟了一声。

泥菩萨过江自身难保了……看不出冥王这家伙还挺仗义的。

墨染在一旁呜咽却难出声，哈迪斯过去,给她喂了一颗蜘蛛血制成的红色药丸,她才勉强能发声。

“神蚕的丝是一种更高维度的力场，像是一种极其强韧的琴弦。烛九阴当年手握十色蚕丝，金木水火土,地火水空风,缠住巨大的星星,固定成了星座最初的样子。正如冥王你守护的天蝎座，也就是东方体系中二十八星宿的‘心宿’所在。蚕丝,应该是可以毁掉灰夜居的。”

“那要怎么用？”哈迪斯追问。

“我们都知道，当年东西方的创世神灵其实是一个人,也就是我们共同的‘父亲’。神蚕是他的左手无名指化成。也可以说,是一种‘血祭’。”

“你从哪里知道这些？”哈迪斯一脸狐疑。

“我们东方玄鸟种族，就像你们西方的‘乌鸦’，自古就是神的信使，上达九天，下通冥界，消息是最灵通的。”墨染的回答微弱却坚定。

“左手无名指是唯一通往心脏的手指，代表爱情。人类会把结婚戒指戴在那根手指，也是因为神灵的传说……也许，驱使神蚕，需要心甘情愿的爱情祭祀。”哈迪斯慢慢说出这番话。

他盯住墨染，表情变幻莫测。

燃犀的脸色阴得似乎要滴出水来。此刻他有一种很奇怪的感觉——仿佛心脏在向着黑暗的下方坠落。

失控，他不喜欢这种感觉。在战场上他狂怒过，在床笫间他迷狂过。但此刻，他似乎第一次感到心脏在刺痛。

如同原子最初的涨落，命运沿着既定的轨道，向终点收缩。

他想要去拉墨染，墨染却任由哈迪斯一步挡在了自己身前。

隔着冥王的披风，这似乎是燃犀第一次细致地看清墨染的样子。

清瘦的双颊，细窄的鼻翼。

墨染在灰夜居的最后一瞬凝望燃犀。一对凤眼中并没有许多舞娘身上常见的柔媚，却像是有一团冷火在熊熊燃烧。

三头犬咬住了燃犀的腰带，在极其短暂又漫长的一瞬，仿佛时间被拉扁了，灰夜居变成了一个凝滞万古的深潭。

墨染向神蚕伸出了双手。

那一刻，燃犀终于想起了唐朝时候，第一次见到墨染的样子。

那日，春和景明，繁花如织。长安满地金光，如扶桑一般明艳。

清曦楼台上，笙歌阵阵。舞台上安置了许多秋千，墨染正在秋千上跳舞。

她从一架秋千跳到另一架，手握一把秋水软剑，腰肢盈盈一舞，仿佛鸟儿一般轻盈。

燃犀仿佛能感受到她身上的热力，舒缓又安心，似曾相识。

是什么时候见过呢？

一曲终了，墨染以软剑割断秋千索。丝绸裂开，绽出无数金花软段，将舞台染成一片明黄。

落地的一瞬间，她也看到了燃犀。

他们向对方走去。

最后的时刻，燃犀并没有看到神蚕吐出的丝线，是如何将墨染的元神带走。她的元神是灰飞烟灭，还是被神蚕带去了另一个维度，燃犀都不得而知——他以紫竹刻刀割下三头犬一只耳朵以后,就被哈迪斯打昏了。

无论是哪种,都不能再见了吧,生生世世。

神蚕遵守规则,果真将灰夜居扯出了一个大口子,各色分身逃走大半。

饕餮却没有像想象中那样大怒,而是将燃犀的分身重新归位给元神了。虽然神蚕没到手,但哈迪斯分身带着冥后分身和一干部众逃走后,就四处散布消息,只说是自己主谋叛逃,半点没提燃犀的事。燃犀昏了以后,也是被他安全带出了灰夜居。

灰夜居被毁,哈迪斯元神受了重罚。他只能打碎牙齿往肚里咽。天蝎座是有仇必报的——这一点,他抛弃自己分身的那天就该想到。

后来,燃犀又回过灰夜居一次。那里基本已经重建。

神灵依然有嫌弃的分身,与人间的喜新厌

旧，忘情弃爱，并无不同。

墙壁的连接处，仍能看到细细密密，激光切割一般整齐的蚕丝割痕，在灰夜居暗红的灯光中，散发着迷雾一般的光泽，如同难以穿透的累世记忆。

崩塌的那一刻，一定很壮观吧。神蚕的分身也逃走了，以后还能看见吗？

哈迪斯！不知和老婆在哪里快活呢！

不知为什么，燃犀突然很羡慕他。

燃犀转身离开，他腰间的荷包随风轻轻舞动，像一团黑色的雾气。

那是墨染的面纱制成，“灰夜居”三个字端正秀丽。

创作谈

不眠之夜以后

/ 吴霜

离开上海已经半年多了，入睡之前，还常常怀念南方的雨。

《不眠之夜》是在上海写的。这篇小说中的沉浸式戏剧《不眠之夜》剧场，真实存在于上海北京西路的麦金侬酒店。

我是在一个雨夜，被朋友邀请，去看了这场戏的。现在回想，那真是人生中的一个魔法时刻。

2019 年 5 月的一天，到剧场门口的时候已经是黄昏，天空飘起了细雨。我陪朋友在门口等人，不一会儿肩膀已经湿了。剧场门口，已经有很多华衣美服的观众在等候入场。看着忙碌生活的人们愿意抽出一整晚的时间，把自己收拾得光亮有趣的样子，看着他们脸上满怀期待的表情，让我也对这部剧充满了好奇；就连淋雨的等待也变得愉快起来。

观剧的过程，小说里已经表达了八成，无须赘述。（当然，吸血鬼和猎鸦是我的虚构。）小说中对剧作场景的描述，也有艺术加工的成分。也许小说这个呈现，是另一个宇宙的剧场呢？

《不眠之夜》的剧场，有一种极强大的艺术磁场，充满了鲜血、欲望、爱和死亡的味道。在进入的一瞬间，我突然感到一种陌生的不属于东方风格的味道。但那时候，我只顾着好奇后续的剧情，并没有细想。

看完剧出来以后，雨已经停了。上海的夜色温柔而清凉。体力透支的我，去和朋友喝酒休息。坐在酒馆的时候，心中翻涌的情感，久久不能平息。

朋友说，最初看了这部剧，在长达一个月的时间内，他一直睡眠不好，总梦到这部剧的场景。

看剧之前，我会觉得夸张；看剧之后，我能理解他的心情。

“我要为这部剧，写一篇小说。”临别时，我对朋友说。这是我能想到的，对这个魔法夜晚最好的感谢和回馈。

那一夜，我失眠了。脑海中一直翻涌着《不眠之夜》的画面。直到凌晨四五点钟，才昏沉沉地睡去。

然而，真正落笔的时候，却遇到了很多困难。这是我创作过的最复杂、过程也最波折的小说之一。

在开始提笔创作的那几天，我反复梦到阿育王古寺。那是我去过的一个真实的寺庙，地理位置在宁波。随后梦中，出现了许多纷繁复杂的佛教意象（金色盘香）和埃及文明的意象（金甲虫）。于是，我尝试用佛教救赎和轮回的观点去创作小说，主角也用了东方人，但创作过程却很不顺利，人物的动机和线索都很奇怪。

到底出了什么问题？我开始思考。随后想到了第一次进入不眠之夜剧场后，嗅到的那一股陌生的气味。那似乎不是东方体系的东西。

几天后的某一刻，我恍然大悟。《不眠之夜》的故事，改编自莎士比亚创作的《麦克白》。从纽约的原版，到上海的改编版，都是属于西方体系的故事。故事的主题，是堕落之罪；剧场的气味，是地狱的气味。掌管这个剧场的神灵，不是释迦牟尼，而是冥王。

说来也巧，那段时间我也写了一个以西方冥王哈迪斯为主角的科幻小说《灰夜居》，故事发生在一个近似地狱的异度空间，想来，竟然和《不眠之夜》的剧场有几分相似。

于是，我调整了小说的故事风格，把主角们换成了西方故事经典体系中的吸血鬼，把故事的主线调整成了“复仇”。然而，正如上海版的《不眠之夜》比纽约版的多了中国风格的白蛇传和竹林一样，我的小说也在一头一尾加上了“东方风格”，属于佛教中的“轮回”“宽恕”的理念。这也算是我自己的梦境吧。

小说初稿完成后，我还是不太满意。作为一篇科幻小说，感觉里面的“科学”色彩太淡了。于是，我专门请教了一个清华物理系毕业的朋友。

问法很粗暴:我写了个小说,里面有个四层楼的剧场,算是个密闭空间,是个复仇谋杀的故事,时间线在三小时内。有什么科学点能用的?!

面对如此“不讲理”的问法,在我的逼迫下,我的天才朋友竟然真的想出了合适的点子。小说中“四极矩”的魔法石,以及最后楼层变形,导致女主主动跳楼牺牲的设定,就是她的主意。事后,她说,是我眼中的热情打动了她。感觉如果不竭尽全力去想,就对不起这篇小说似的。说得我好惭愧……

时逢小长假,为了这篇小说,我专门去小说里提到的“阿育王古寺”住了几天,终于在禅房里完成了修改。

没想到,我回到上海,即将给《科幻立方》杂志交稿的时候,莫名其妙的,小说在寺庙里修改的部分都丢失了。那阵子工作特别忙,也不知道自己是怎么像打了鸡血似的,在一周内,把修改部分又重写了一遍。只记得那七个多出来改稿的不眠之夜,似乎是一场炼狱般的考试。

接到出版社出这本书的邀请后,我又应邀,为《不眠之夜》补充了另一个番外篇——《豆沙包》。李一和住持的关系,出于某些个人原因,在《不眠之夜》小说中没有细写,当然也是怕夺走故事主体的光彩,同时或许可以增添一些神秘感。而在这篇番外中,我写到了佛教高僧是怎样参透量子力学的一个过程,里面有双缝实验和平行宇宙宇宙重叠的隐喻,呼应了《不眠之夜》,也算是自己对宗教和科学之间联系的一点想法。

因为故事内容比较“漂浮”,就想加一个世俗温暖一些的食物。关于用什么食物来串起这个充满禅意的小故事,还想了挺久的。后来觉得豆沙包的形状很像基础粒子,颜色二元对立,颇具简洁之美;味道也很素净,全部由食物中最本源的五谷构成,相对合适一些。

人的一生,总会有许许多多的不眠之夜。无论是带我看剧的那位朋友,给我小说提建议的那位朋友,还是我自己,都会经历许多这样的夜晚。而这些难眠的夜晚,也总有各种不同的原因。很高兴,我人生中的有些不眠之夜,和《不眠之夜》有关,和内心深处对艺术、对美、对世界的渴望有关。最终,这些渴望和热爱,定格于纸上,成为一篇小说。它让我感恩生活,感恩友情。也许它不够完美,但足够真诚。

正如小说中所写,“三千世界, 灵魂不灭。只有情感, 会指引我们, 去往心之所向的地方”。

最后,真心感谢我的朋友陆克、王诺诺、席静怡、范翔和佟婕对这本书的无私帮助，谢谢你们。

好像是第一次自己给自己的作品写这么长的创作谈，有些不好意思。

五味人间事，满纸荒唐言，诸位看官，权当消遣。

评论

非线性的《不眠之夜》：戏中戏的虚构边界

/ 王诺诺

我阅读吴霜的《不眠之夜》时，恰逢电视剧《美丽新世界》上线。

电视剧里有场戏中戏：女主列宁娜(Lenina)和男伴马克斯(Marx)去看演出，演出内容是一场婚礼。

观众来自乌托邦的新伦敦，从没见过婚姻，所以都觉得这场戏无比新奇。

戏演到高潮时，来了个新娘的情人持枪抢婚，原本非常狗血的情节发生了意外，道具枪里的空包弹被人换成了真子弹，演员拿着真枪一顿乱扫，坐观众席的新人类都没搞清状况：哦！好酷啊！这死人演得好真？是戏里本身就有的情节吗？

“观众们都以为这是表演，兴奋地围观着。”

“观众都以为这是安排好的表演。他们兴奋地往前挤着。”

“观众们却更兴奋了，以为这也是表演的一部分。”

…………

《不眠之夜》是小说的标题，也是文本中沉浸式戏剧的名字，当两只吸血鬼穿越虫洞扭打在剧院舞台上时，现场所有观众的反应都是往前伸头，围观，唯恐天下不乱。因为他们也以为这是戏剧的一部分。

这当然不是戏剧的一部分。

但身为读者的我也很难分得清它是不是戏剧的一部分。

小说中故事发生的大部分场景——沉浸式舞台剧《不眠之夜》在现实世界中是真实存在的。

它的主线剧情改编自《麦克白》,该剧的特色是打破了传统舞台剧的刻板空间设置,将演员和观众搬到一栋五层的酒店里,不同房间里同时发生着故事。演员穿戏服,观众戴面具,一起在101个独立的空间里穿梭。

由于空间的灵活性大大提升,在同一时刻观众只能看到故事的一小部分。三个小时的表演时间里,演员会把相同的剧情重复演两到三次,所以如果第一遍错过了某个重要剧情,那没关系,可以在下一个轮回里再补上。

相比于传统的线性叙事,这种叙事的方式是更接近自然的。

当两个熟识的朋友分享日常生活,大多是天南海北地一顿侃,前言后语是发散性的,甚至话题之间也没什么逻辑可言。这时,如果有一个不那么熟悉的人加入对话,对他来说,要了解说话的人和他们讲的故事,就很像是一个一块块拼图的过程。

他无法一下子看到整张拼图的全貌,只能零散捕捉一些片段,再将这些片段左右拼凑,时不时还要参照上下文:“这是黑的”“黑的是眼睛”“白色的毛”“圆脑袋”“绿色的植物”“绿色的植物拿在手里”……“哦,这是熊猫。”

舞台剧《不眠之夜》里的观众需要在三次轮回的相同剧情里寻找线索,才能渐渐读懂整个故事的主线，理解作者埋下的玄机。

小说《不眠之夜》也有异曲同工之处，不是一马平川地直接叙事，而在每个章节里都隐藏了一些不起眼的信息，两个月亮，几颗佛珠，最后谜底揭示，你将这些佛珠和月亮串起来，往回翻看，再次寻找线索，故事的全貌才算豁然开朗。

这也是我读完印象最深的一点。

最贴近自然的书写方式，就像我们每天理解现实一样，甚至混淆了现实本身。

在小说《不眠之夜》中，剧作人陆克改编创作舞台剧《不眠之夜》。如果说舞台剧《不眠之夜》为小说《不眠之夜》提供了故事发生的背景，那么现实世界中的作者吴霜也写出了小说《不眠之夜》，小说的出版发行会不会成为“现实世界”里某个虚构故事的舞台？

如果按照这个思路接着想下去，那就像俄罗

斯套娃，也像一层层的洋葱，由此，叙述模糊了现实与虚构的边际。

爱可以穿越树状的时空……

时空穿越是科幻作品里经常涉及的主题。有的时空穿越是线性的，类似《回到未来》中的主角一行，他们穿越到过去，对那个时空做出的扰动会令现在和未来发生改变，让个人命运发生变化。有些穿越则会涉及更高维度，比如人类命运，钱莉芳老师的《天意》中天外来客穿越历史，改变了过去的韩信，功成名就的韩信也就“覆盖”了原本不得志的韩信。除此之外，天外来客的最终目的是令渤海填平，这样一来，对人类文明的走向就很可能是另一个方向了。

不同的是，《不眠之夜》里的时空规则不是线性的，而是树状的。即不同未来的时空并行，只要启动金甲虫的穿越装置，透过虫洞搭桥，可以从一个时空的枝丫上跳跃到另一个枝丫。

时空的非线性导致了外祖母悖论的失效，即主角穿越后在另一个时空中的所作所为，不会对她原本时空里的既定事实造成影响。

这似乎是一件好事，对于女主角李诗行来说是轻松的，她的原生时空不必为她在其他时空里的所作所为埋单。

但事实上这样的穿越有了一层新的美学意味，它更像两个时空的一次虚假交集。时空如同天上不同高度的两朵云，从低处看，好像有某个瞬间曾经相遇，其实却从未互相碰面，也注定会在未来分开。

对于穿越者来说，虫洞那一头的世界线不可预测，不可控制，每一次的穿越都是随机的，都是再也找不回来的。所以，连接两个时空之间的虫洞，让女主角吸血鬼李诗行和男主角陆克的交集真正有了佛教中一期一会的含义。

如此的一期一会发生在一场光影交错的舞台剧剧场里，至此，故事凑齐了不稳定的时空，不稳定的相会，不稳定的人物关系，不稳定的场景。那么这场戏中戏里，究竟什么是稳定的呢？

或者说，吸血鬼女主角穿越了虫洞两头的时空，究竟有什么是不变的呢？她是为了什么而穿越的呢？

故事中其实是给出答案的，那就是爱。

正如诺兰导演的《星际穿越》一样，是爱让男主角跨越时空和百年光阴，与自己的女儿再度相会。“爱”让《不眠之夜》的女主角，吸血鬼李诗行穿越到了另一个时空的陆克身旁，也是爱，让男女主角的命运相互羁绊，用一串佛珠和一只“金甲虫”串起时空，最终合力再度打开虫洞,避免真空衰变——整个宇宙被吸进虫洞,化为乌有。

平行世界里,也有一模一样的人。

故事里有一个女主角,却有两个李诗行。一个是男主角从小认识的假小子班长李诗行,另一个是从异世界穿越而来的吸血鬼李诗行。

第一个李诗行陪男主陆克长大,第二个李诗行和男主角冒险,第一个李诗行最后成为男主角的归宿。

由于故事发生在树状的时间线里,第二个吸血鬼李诗行的原生宇宙是和地球历史有一定偏差的。在吸血鬼李诗行的世界里有两轮月亮,那里原本也是没有吸血鬼的,人类的“基因重组计划”导致了一场席卷全球的病毒灾难,被感染的人类变成吸血鬼。力大无穷,吸食人类的血液为生，只有阳光照射和银质匕首割掉头颅才会死亡，吸血鬼咬人后，病毒也会传播，将正常人类变成吸血鬼。

李诗行和反派顾小溪都是被感染的吸血鬼。为了不被人类社会赶尽杀绝，李诗行在感染后成为一名猎杀吸血鬼的“猎鸦”，用100年的时间追捕逃脱的吸血鬼。

即使虫洞两头世界的差异性如此之大，我们竟然还是可以在吸血鬼的世界里看到同样的男主角和女主角，同样的女主角的爷爷，还有同样的反派顾小溪。

甚至他们也延续了正常世界里的人物关系。男女主角相爱，男主角为了保护女主角愿意牺牲自己等等。连追求男主角陆克多次未果的顾小溪放弃时也说过：“不管哪个世界，你都不会选我。那你就去死吧。”——也就是说，至少在两个平行宇宙里,都上演着一幕顾小溪追求男主角多年未果,最终被女主角李诗行截和的故事。

装修不同的房间,事实上都上演着一样的故事。

抛去对反派产生的同情,这也说明每个平行宇宙之间是有某种纠缠的。爱上你注定爱的人,和你注定不爱的人分道扬镳。

这算不算一种宿命论?还是我们可以把不同平行世界里的故事,看作每个人的一种分形?人在不同场合,不同际遇里,都是自己的一个分形,而他们的集合才构成了一个人的全部喜怒哀乐。

而无论是碰见了谁,或者是有了如何的境遇,都只是自己原本可以达到的巨大未知可能性里的一个子集而已。

如此想来,吴霜的《不眠之夜》是十分温柔

的，她使用了最不确定的手段，构造出非线性的世界观，甚至是分裂的主角，但最后还是讲了一个爱与被爱的故事。

评论

荒蛮竹海，书写传奇：
从《天元》到《不眠之夜》

/ 郑军

以我们生活的时代为原点，无论向前还是向后，只要时间足够漫长，都会遇到一片迷雾，有很多神秘的素材可供作家们寻找。

科幻作家不仅能写未来，也能写好古代。阿西莫夫就专门涉足上古的人类历史。当然，写好远古的前提是选好题材，以便发挥科幻小说神秘、悬疑和传奇化的类型特征。我在担任第十八届百花文学奖·科幻文学奖评委期间，曾经拜读过吴霜创作的《天元》，印象颇深。她把视野投向蛮荒的上古中原,对此做了很好的尝试。

吴霜是位有特点的新锐作者,有着独特的视角和想象,绝不重复他人。今日诸君捧读的《不眠之夜》,就有着显露无遗的写作“野心”。此作将登陆不久的“沉浸式戏剧”当成题材,让整个故事发生在戏剧剧场里。构思颇有创意,也颇能领略时代风潮。

吴霜有着泼辣豪迈的文风,如果不提姓名,只看作品,会以为是个男作者。她的小说上来就是大开大合,迅速把读者带入强烈冲突当中,没有扭捏造作和冗长的铺陈。可能受惠于作者的编剧生涯,吴霜的文字还很有画面感,简短紧凑,不少段落近似剧本。

从《天元》到《不眠之夜》,吴霜的这些特点节节攀高,给我们塑造出宏大悠远的奇异世界。因此,在《不眠之夜》的书中,我不打算喧宾夺主,另辟蹊径地剖析一下《天元》，让你对吴霜的创作有着别样的了解。

《天元》的世界观，得见作者已意识到上古文明迥异于中古的诸多特点。无论中外，古装戏都主要选择封建化的中古社会为素材。即使如《封神榜》那样去写上古社会，其实都有浓厚的封建烙印。只有《史前一万年》《启示》等极少几部影视作品能准确地描述好上古时代。

《天元》中的“孤竹国”确有其国，连同令支国、燕、齐、越和山戎，都有据可查。作者为寻找素材，着实下了一番功夫。小说中的巫术、礼仪，甚至餐饮习惯，都在努力还原历史真实。

科幻小说必须准确写好技术背景，吴霜在《天元》里面对此一点也不含糊。孤竹国小如县城，国君的房子很少有瓦顶，兽皮是最好的纺织材料，街市上终日游荡着饥民，埋葬妻女只需要几只竹笋。

作者会用大量笔墨,描写当时的人们如何烘制木炭,如何炮制鱼粥。粮食不够,他们又如何采集葵、韭、薤、薇,这些野菜都在《诗经》中有所记载。单单制作"做五齐",作者就写满了一整页。

在小说里,房屋和燃料都显不足,人们难得洗澡,有钱人只好用香膏掩饰体臭。而在国君宴客那一段,描写了上古的分餐制,更体现出作者的严谨。甚至,小说刻意描写的竹,都体现了作者对时代特点的体察。上古气候温暖,竹子确实能够北移到河北省境内。

科幻是一种擅长营造背景的文类。虽然《天元》里没有飞船和机器人,作者下的这些描写功夫,也并不出乎科幻类型之外。科幻读者也与众不同,他们会在情节中停下来,看看作者有没有在背景上做好功课,找找自己还不知道的冷知识。吴霜显然能够理解这群读者的需求。

在低下的技术背景中,《天元》给我们展示了一幅前封建时代的文化缩略图。故事发生在商代，我们所熟悉的孔孟之道还连影子都没有,反而是个巫术社会。残疾人权当巫师,不仅能通神,还要随时以身祭祀。

对孤竹国的生殖崇拜，作者更是不吝惜笔墨。性是人类最早的宗教之一,不仅与生儿育女有关,而且关乎收成、富足,甚至国家未来。开篇一场“红月祭祀”,便写得惊心动魄。孤竹国君抱着竹制的男根满街游走,这种古怪场景也绝不会发生在中古。

上古时代人命轻贱。在梅尔·吉普森导演的电影《启示》里,印加帝国为了祭祀,杀掉成堆的人,河边的尸堆曾令观众瞠目结舌。然而,那场大祭祀却真的发生过。吴霜在《天元》里,也写了一个同样残忍的上古社会。村民被阉割后挣扎着死去，乌鸦啄食弃市的尸体，男孩儿守着饿死的家人。《天元》光是各种死法的描写就有近十处。死于祭祀，死于仇杀，死于刑法，钩挑、刀砍、火烧，一幅阿鼻地狱般的景象。

不存在中古才有的“仁爱”思想，《天元》中的世界残酷无情，人们生得凄苦，死得随意。

正是这种人命轻贱的荒蛮背景下，作者展开了一个复仇故事。其风格也完全不同于中古社会。尤其是尾生用野漆树让全身生疹，以便接近仇人。通过描写这种令人作呕的计策，作者让深仇大恨跃然纸面。一次次未遂刺杀构成了故事主线，不断施压，让冲突在最后达到顶峰。

为追求环境的逼真，作者似乎刻意在对话里避免出现商代之后的惯用语。这让对话变得简单干脆，很有异域色彩。是的，上古社会对今人来说，陌生程度不亚于外星。如果读者穿越到作者塑造的“孤竹国世界”，会感觉不像是在中国，但它确实存在过。

即使描写小说中的科幻场景，作者也严格使用当地人的视野。所以，通篇我们无法知道外星人使用了什么先进技术，只能在相关的画面描写中寻找答案。每次遇到这种情节，吴霜都将编剧功夫用到极致，让我们几乎能一帧帧地审视画面。

综上所述，作者能用科幻去营造悠远的世界，别开题材之生面，并且还能形成风格，显示出足够的匠心。这本《不眠之夜》的精彩来源于《天元》的积淀和历练，作者未来还会做出哪些惊天地的洪荒篇章，我们值得期待。

对话

新青年，新文学：当代青年作家问卷

Q:《中华文学选刊》编辑部

A:吴霜

Q:从何时开始有自觉意识地写作？与那时相比，你对文学的理解是否发生了变化？

A:2012年。我是在研三毕业那一年开始写作的，并在杂志上正式发表了第一篇科幻小说《双生》。

自幼我就很痴迷文学。但写作这件事成为我对文学体会的一个分水岭。在那之前是喜欢，文学对我来说是有趣的故事、放松的手段、舒缓压力的出口；在那以后是爱，我必须对文学深层的意义进行探索，包括写作技法和情感认知层面的深层探索。爱与喜欢不同，爱包含了更多的付出和痛苦。

Q：有哪些作家对你的写作产生过深刻影响？请列举三位，具体说明原因。

A：沈从文：将人生的苦楚优雅而平淡地表达，文字的韵律有种超凡脱俗的东方美，简洁典雅。

东野圭吾：任何的文学都是人学，这个世界上最复杂的东西，就是人的心理和情感。

刘慈欣：宇宙是黑暗而残酷的，但文明总会有微光燃起，最终照耀星河。周而复始，生生不息。

这三位作家风格和时代各异，分别给了我气质、情感、高度方面的影响。但他们又有同样的本质：以不同程度的克制的方式，表达深深掩藏的激情浪漫主义。

Q：你学习的专业或从事的职业是什么？它能够给写作提供滋养吗？是否希望成为职业作家？

A：以前的专业是中文，目前在影视公司做文学总监，主要负责控制小说到影视剧本的内容转化。因为都是探索故事的表达方式，所以对写作本身也有帮助。只是工作比较忙，会占去很多时间精力。

我对未来抱有一种开放态度。作家只是我的人生目标之一，但它的重要度较高。

Q：当下的文学生产和传播机制是否为你提供

了足够大的空间与足够多的途径？你的作品主要通过哪些渠道发表？

A：相对以前，当下的文学方式表达十分多样。例如我创作过小说、影视剧本、为媒体艺术展创作的复合型小说、作家培训班现场创作小说、与音乐家互动创作小说、电子媒体平台的接龙小说等。因为中外作品合作交流的加强，也有作品翻译出版到英国、美国、西班牙等国家。我作品的发表途径主要是书籍、杂志、电子书、艺术展、网络、影视作品等，当然以后我也希望尝试更多的途径。

Q：怎样看待从“五四”发展至当下的中国现当代文学传统？其中的经典作品在你的日常阅读中占有怎样的比重？是否构成写作的参照系？

A：作为系统学习过现当代文学的中文系学

生，我认为中国现当代文学继承了传统，也具备时代特色，不同的流派也体现了不同的思想。但是近些年，文学深层的“力量感”似乎被这个碎片化的时代削弱了。

经典作品我每年都会挑一两部重读。去年重温的是鲁迅和毕飞宇，今年是莫言和苏童。

参照方面似乎不好说，因为我的作品目前还没有形成特别鲜明统一的风格。但我希望作品的深层次能具备鲁迅先生和莫言老师的力量感。

Q：你关注同代人的写作吗？是否可以从中发现不同于前几代作家的群体性特征或倾向？

A：有一定关注。在科幻文学领域，科技感和网络文化对作家的影响很大。随着科技的迭代，科幻作家创作的原料会更多，如量子计算、基因改造等。随着媒体技术的应用，小说写法方面也会有一些突破。例如刘宇昆的《终结历史之人》(提名雨果奖和星云奖)就是用纪录片的写法创作的小说。

Q:文学期刊、专业奖项、写作同行、专家学者、图书市场、大众媒体及互联网等所呈现的文学评价尺度,有哪些会影响到你的写作?你的"理想读者"是谁?

A:我会参考大众媒体对我作品的评价。虽然不一定都听取,但是会反思。写作的道路有很多,最终不是要迎合大众,而是找到最契合自己灵魂和心意的表达方式。这也是作家的终极使命。

Q:是否认同历史感、现实感的匮乏与经验的同质化是当代青年作家普遍面临的问题?你认为自己拥有独特的个人经验吗?

A:我觉得这个问题确实普遍存在。这个时代的很多东西都在争夺我们的注意力。浮躁、碎片、扁平的文化趋势是很明显的。我的应对方式就是保持每年大量的阅读和写作练习,让自己不要受到太多负面影响,并试图把这样的社会问题反映到作品中。

Q:文学之外的其他艺术形式,如音乐、绘画、戏剧、影视等,对你的写作有何影响?

A:我的作品中几乎有三分之二都涉及音乐、绘画、戏剧。被翻译到海外科幻杂志《克拉克世界》(*Clarkes World*)上的《捏脸师》,就是一个中国古代神明来到未来,用绘画和戏剧拯救世界的故事。而发表在《科幻立方》杂志上的《龙骨星船》,则用到了符号学和星象考古学。

我喜欢艺术作品丰沛而细腻的美感,这种质

感适合我在小说中去表达。

Q:科幻、奇幻、推理等类型文学，非虚构写作以及互联网时代种种新的写作实践，是否正移动着文学的边界？在你看来，未来的文学经典可能会呈现怎样的面貌？

A:科幻这种类型文学，其存在的意义本身就是不断推动文学的边界，与最前沿甚至最不可能的领域结合。这种能力正是人类最应骄傲的能力——想象力。黑暗大胆、野心勃勃，正是科幻的魅力。

未来的文学可能会与电子媒体艺术跨界结合，以视听多媒体的方式保存。甚至作家的创作本身就可以用脑中芯片完成，在肉体中封存的同时上传到网络云端。这不也很酷吗？

原载于《中华文学选刊》2019 年第 5 期
特别鸣谢徐晨亮老师为此次选载提供支持